法蘭妮 與
卓依

Franny
& Zooey

沙林傑
J. D. Salinger——著

黃鴻硯——譯

Rye Field Publications

目次

一歲的馬修・沙林傑會逼迫共進午餐者接下涼掉的皇帝豆。而我用盡可能相近的精神，逼迫威廉・蕭恩接下這分量看起來不太充足的書稿。他是我的編輯、明師兼（上天保佑他）摯友，是《紐約客》的天才主宰，他愛好孤注一擲，保護不多產的作家，捍衛那些浮誇得無可救藥的人，在天生的藝術家／編輯當中，謙遜得最沒有道理可言。

法蘭妮

儘管陽光燦爛，星期六早晨仍是穿厚大衣的天氣，只穿薄大衣行不通。這股寒冷已維持了一週，也如大家所願，延續到關鍵的週末——耶魯賽事週。一群二十多歲的男子在車站等待約會對象到來，火車十點五十二分進站。其中只有不到六、七個人待在寒冷、無遮蔽的月台上，其餘的人站在有暖氣的等候室內，沒戴帽子，形成兩人、三人或四人小團體，抽著菸，說話的嗓音都帶有一種大學生式的武斷，幾乎無一例外，彷彿這一個個年輕人都強硬又健談地闡釋著高爭議性的問題，好像外面那些沒考上大學的人拙劣地吵（無論他們態度是否挑釁）了幾世紀的問題，他們一語便能道破。

連恩·庫特爾穿著博柏利的雨衣，裡頭顯然扣著一件羊毛內襯衣。他是站在無遮蔽月台上的六、七個男孩之一。或者說，他在月台上，但和他們不是同一夥的。過去十分鐘，或十幾分鐘，他刻意和其他男孩保持距離，避開對話，背靠著放「基督科學」免費文宣的架子，沒戴手套的手插在大衣口袋內。他披著絳紫色的喀什米爾圍巾，圍巾攀上他的脖子，幾乎沒什麼禦寒效果。他的右手突如其來且心不在焉地伸出大衣口袋，開始調整圍巾，但還沒調整好，他就改變了心意，改伸向大衣內側口袋，掏出一封信。他立刻開始讀信，雙唇微啟。

那封信寫在（以打字機打在）淡藍色信紙上，看起來皺皺的，些許陳舊，彷彿先前有人多次從信封中取出閱讀：

星期二，應該吧

我最親愛的連恩：

今晚宿舍吵鬧的程度真是不可思議，我不知道你有沒有辦法好好讀信，我連自己的思考都聽不太到了。如果我寫錯了什麼字，還請行行好，略過它們。話說，我最近聽從你的建議，經常查看字典。如果我的風格因此受限，那就該怪在你頭上了。總之，我收到你那封優美的信了。我愛死你了，愛到要發狂了

（下略幾百字），我等不及週末的到來。不能讓我住進克羅夫特之家真是太糟了，但我其實待在哪裡都無所謂，只要那地方溫暖、沒蟲子、我可以經常（亦即分分秒秒）見到你就行了。我最近好愛「亦即」。我真的好愛你寫的信，尤其是艾略特那部分。我想我就快開始鄙視莎芙[1]之外的所有詩人了。我最近一直瘋狂讀她的作品，請不要對此發表什麼粗鄙的評價，拜託了。我甚至考慮寫她當作學期報告，如果我下定決心要拿到好成績，也讓校方指派給我的蠢指導教授點頭同意的話，我就會去做。「嬌弱的阿多尼斯快死了，塞希里雅，我們該怎麼做？捶胸致哀吧，少女們，撕開妳們的長袍。」這很棒不是嗎？而且她一直採取這樣的行動。你愛我嗎？你在你可怕的信裡從來沒說過愛我。我恨你超級大男人又沉漠（錯字？）得無可救藥的那些時候。不是真的恨你，但我天生就痛恨強悍又話少的男人。我不是說你不強悍，你懂我的意思。四周太吵了，我連自己的思考都聽不太到。總之我愛你，我想寄限時信給你，你就可以從容地收到它，不過我得先在這瘋人院裡找到郵票才行。我愛你我愛你我愛你。你到底知不知道，在這十一個月內，我只和你跳過**兩次**舞？在前鋒那次不算，你太緊繃了。這次我可能會扭捏到不行。順帶一提，這舞會假如有迎賓行程，我就宰了你。星期六見，我的小花！

獻上我所有的愛，法蘭妮

無數親吻

P.S.我爸從醫院拿到他的X光片了，我們都鬆了一口氣。它長大了，但並非惡性。我昨晚和媽講了電話，她順便託我跟你打聲招呼，所以你週五晚上可以**放**

1 莎芙（Sappho），公元前七至六世紀古希臘詩人。

鬆一點了。我認為他們甚至不會聽到我們進門。

P.P.S.我寫信給你的時候感覺好蠢、好笨，為什麼？我允許你分析這點。我們這週末試著好好度過一段美好時光吧。我的意思是，就這麼一次就好，不要分析所有事物，把話說得那麼死，如果你辦得到的話。尤其不要那樣對我。我愛你。

法蘭西絲（她的畫押）

連恩講究地讀著這封信，大約讀到一半時，被一個叫雷．索倫森的魁梧年輕男子打斷——也可說是侵擾、冒犯。他想知道連恩對那個混蛋里爾克有幾分認識。連恩和索倫森都是現代歐洲文學二五一（這堂課只有大四和研究生能選）的學生，也都被指定在下星期一報告里爾克的第四首《杜伊諾哀歌》。連恩跟索倫森不熟，不過對他那類長相和態度隱約抱持著反感。他收起信，說他原本不知道里爾克，但他自認已讀懂了作品的大半。「你很幸運，」索倫森說：「你運氣很好。」他嗓音中的活力少到不能再少，彷彿他來找連恩說話只是因為無聊或內心騷動不安，而不是真正想跟他人交流。「老天，真冷。」他說，並從口袋中掏出一包菸。連恩注意到索倫森的駱駝毛大衣翻領上有口紅的痕跡，顏色已變淡，但還是很令人分心。那個痕跡看起來已經沾在上頭好幾個星期，甚至好幾個月，不過他跟索倫森不夠熟，不好聊這個，再說，他真的不認為那干他屁事。而且火車就要進站了。他們兩人的臉都微微朝左，迎向奔來的蒸汽引擎。幾乎在同一時間，等候室的門砰一聲甩開，原先在裡頭取暖的男孩紛紛出來迎接火車，當中大多數都給人一種印象：他們至少已吸過三根菸了。

連恩自己也在火車進站時點了一根菸。這裡有許多人大概只拿了接送用的月台票，應該吧。而他接下來就像那些人一樣，試著消除臉上所有表情，因為那些表情可能會相當單純地、甚至優美地洩漏他對即將到站的乘客所懷抱的感覺。

法蘭妮在第一批下車的女孩之列，她遠遠地從靠月台北端的車廂走下來。連恩立刻就看到她了。儘管他試圖操作自己的表情，但他甩向空中的手還是透露了真心。法蘭妮看到手，然後看到他了，於是誇張地揮手回應。她穿著一件浣熊短毛大衣，而連恩快步走向她，臉上掛著緩慢移動者的表情。他暗自在心中推論，按捺著興奮：他是月台上唯一一個真正深諳法蘭妮那件大衣的人。他記得某次在租來的車上親了法蘭妮半小時左右之後，他也給了大衣翻領一個吻，彷彿那是她本人的有機延伸，是完美的欲望對象。

「連恩！」法蘭妮愉快地問候他——她不是會消除臉上表情的那種人。她雙手環抱住他，親吻他。那是車站月台式的親吻——你會不由自主地開始，但不能真的去收尾，而且還會有額頭相撞的成分。「你收到我的信了嗎？」她接著又補了一句，幾乎是用同一種口氣說：「你看起來快結冰了，好個可憐的男人。你為什麼不在裡面等？你收到我的信了嗎？」

「哪封信？」連恩說，並拿起她的行李箱。那行李箱是海軍藍色的，上頭套著白色真皮綁帶，跟剛被扛下車的六、七個行李箱如出一轍。

「你沒**收到**嗎？我在**星期**三寄的。喔，天啊，我甚至還帶到郵——」

「喔，那封啊。我收到了。妳只帶這個行李箱嗎？那是什麼書？」

法蘭妮低頭看了自己的左手，她提著一本豌豆綠色書皮的小書。「這個？喔，沒什麼。」她說，然後打開手提包，將書塞進去，跟著連恩穿過長長的月台，朝計程車招呼站走去。她勾住他的手，一路上幾乎都是她在講話。首先她提到包包裡有件洋裝需要熨一熨。她說她打算帶一個真的很可愛的小熨斗，看起來像是跟娃娃屋成對的，結果忘了。她說火車上她認識的女孩應該不超過三個——瑪莎．法勒、堤比．蒂貝特，還有艾莉諾某某，她幾年前在雅席特還是什麼地方的寄宿學校認識的。法蘭妮說，車上的其他人看起來都有濃厚的史密斯學院氣質，只有兩個看起來瓦薩到不行的女生，和一個**絕對**是念本寧頓學院或莎拉勞倫斯學院的女生。本寧頓或莎拉勞倫斯女孩看起來像是一整路都窩在廁所裡做雕塑或作畫之類的，或像是會在洋裝下穿緊身衣的人。走路步調有點快過頭的連恩說他很抱歉，沒辦法讓她住進克羅夫特之家——這確實令人絕望，當然了。不過他會讓她住另一個可愛又愜意的地方。小但乾淨，還有諸如此類的優點。她會喜歡的，他說。而那個白色木牆板公寓立刻就浮現在法蘭妮的腦海中了。彼此不認識的三個女孩一起睡在同一個房間。第一個到的人會占下那個凹凸不平的沙發床，其他兩人就得睡同一張雙人床，床墊棒到不行的床。「好極了。」她熱情地說。雄性人類普遍具備一種駑鈍，有時候要她掩飾對那駑鈍的不耐簡直像是要她下地獄，尤其是面對連恩時。她想起紐約的一個雨夜。那次看完戲後，連恩在路邊釋出過火到近乎可疑的善意，讓一個糟糕到極點的晚禮服男子坐走他的計程車。她並不特別在乎車被攔走（你想想，**老天啊**，不得不當個男人，還不得不在雨中攔計程車是多麼可怕的事），但她記得他退回路邊時，對她露出的表情有多駭人，多麼充滿敵意。如今她想起這事和其他有的沒的，一股古怪的罪惡感浮現心中，她於是用特殊而輕微的力道攬緊連恩的手臂，佯裝熱切。兩人坐上計程車，套著白色真皮綁帶的海軍藍色行李箱和司機一起去了前座。

「我們先去妳住的地方放行李和其他東西——丟在門邊就好了，然後我們就去吃個晚餐。」連恩說：「我餓壞了。」他往前傾身，把地址告訴司機。

「喔，見到你真棒！」法蘭妮在計程車發動時說：「我好想你。」幾乎在話說出口的瞬間，她就發現自己言不由衷了。她再度懷著罪惡感緊握連恩的手，與他熱絡地交扣十指。

大約一小時後，兩人來到席克勒餐廳，坐在四周客人較少的位置。席克勒餐廳位於鬧區，主要受到大學激進知識分子的熱烈支持——這些學生如果來自耶魯或哈佛，往往會表現出一種傾向：他們寧可用一派輕鬆過了頭的態度帶著女伴遠離莫里斯餐廳或克朗寧餐廳，還可能會說，城裡就只有席克勒不會供應那麼厚的牛排——以拇指和食指比出一英寸的厚度。席克勒供應的是蝸牛。進來席克勒的學生與其女伴都只會點沙拉，或兩個人都不點，這更常發生，因為他們的調味用了大蒜。法蘭妮和連恩都點了馬丁尼。第一批酒送上來的時間早了十到十五分鐘，連恩品嘗了他那杯，然後往椅背一靠，環顧四周，心中的怡然自得一覽無遺（他肯定堅信別人對此無置喙餘地）：他來對地方了，而且身邊有一個曼妙得無懈可擊的女孩相伴——她不僅有出眾的美貌，而且還穿著不那麼制式的喀什米爾毛衣和法蘭絨裙，這又更棒了。法蘭妮目睹了他內心想法的小小暴露，如實地接受了它，沒把它看得太重或太輕。但基於她與自身靈魂古老而恆久的約定，她選擇對這個發現、這個察知抱持罪惡感，並判自己刑：她要特別裝出全神貫注的模樣，聽連恩接下來的所有發言。

連恩現在說話的感覺就像個壟斷對話二十多分鐘的人，他相信自己步調已穩，話語絕不可能有什麼閃失，「我的意思是，若用殘酷一點的形容，」他說：「妳可以說他沒種。懂我意思嗎？」他誇張而慵懶地朝法蘭妮、朝他樂意傾聽的聽眾湊近，左右手分別撐在他的馬丁尼杯兩側。

「沒什麼？」法蘭妮問。她得先清清喉嚨才有辦法開口，因為她上一次說話已經是好久以前了。

連恩猶豫了一下。「男子氣概。」他說。

「我聽清楚了。」

「總之，這麼說吧，那就是作品的母題——我原本是想用比較隱晦的方式表達。」連恩說，緊貼著他自己的話題走向：「我的意思是，老天。我真的以為它激不起什麼好的回饋。當我拿回報告時卻發現上頭立著一個該死的字母『A』，高達六英尺，我發誓我真的差點跪下了。」

法蘭妮再度清了清喉嚨。顯然，她硬判給自己的「徹底扮演好聽眾」之刑執行得很完善。「為什麼？」她問。

連恩看起來有點受到干擾，「什麼為什麼？」

「為什麼你原本認為不會激起好的回應？」

「我剛剛都說了，我才剛說完。這個姓布魯曼的傢伙是福樓拜的死忠信徒，至少我覺得他是。」

「喔。」法蘭妮微笑，啜飲她的馬丁尼。「這實在太好喝了。」她看著玻璃杯說：「還好比例不是二十比一，我討厭整杯幾乎都是琴酒的調法。」

連恩點點頭。「總之，我應該是把那份該死的報告放在房間裡了。週末如果有機會，我想念給妳聽。」

「太好了，我很想聽呢。」

連恩再度點點頭。「我說啊，我並沒有寫出什麼驚天動地的該死觀點。」他在椅子上調整了一下坐姿，「不過……該怎麼說呢，我側重的部分是解釋他為何深受精準用字的吸引，為何到那種神經質的地步。這部分大概不差吧，就我們如今所知來看的話。我不是只用精神分析之類的屁話來談，但當然也是有一定程度的探討。妳懂我的意思。我完全不是佛洛伊德那一掛的，不過有些事你不能直接視為佛洛伊德派處理的對象，忽略不管，隨他們去搞。我是說，就某種程度而言，我想我完全有資格指出一個事實，那就是真正厲害的男孩——托爾斯泰、杜斯妥也夫斯基，還有**莎士比亞**呢，看在老天的分上，這些人都不是該死的推敲狂。他們拿起筆就**寫**，懂我意思嗎？」連恩望向法蘭妮，似乎期待她有所反應。在他看來，她一直都專心致志地在聽自己說話。

「你打算吃你的橄欖嗎？還是怎樣？」

連恩瞥了一眼馬丁尼杯，然後看回法蘭妮。「不，」他冷冷地說：「妳要吃嗎？」

「你不吃的話我就吃。」法蘭妮說。她觀察連恩的表情，得知自己問錯問題了。更糟的是，她突然一點也不想吃橄欖了，她不解自己為何要提出**要求**。不過當連恩將自己的馬丁尼杯遞向她時，她也只能接過橄欖，津津有味地吃起來。接著她拿起連恩放在桌上的那包菸，抽出一根。他為她點菸，然後也幫自己點了一根。

橄欖打斷他們的對話後，短暫的沉默降臨了。接著連恩打破了這股沉默，因為他不是那種會把如珠妙語憋在心裡的人，一刻都等不得。「這個姓布魯曼的傢伙認為我應該要找個地方發表那篇該死的報告。」他倏地開口。「不過我不知道耶。」他開始用手掌按摩自己的側臉，彷彿他突然累壞了——或者貪圖他智慧果實的世界向他提出種種要求，耗盡了他的氣力。而這個無意識的笨拙動作消去了他一隻眼睛裡的些許倦意。「我是說，寫批判性論文談福樓拜和那些厲害作家實在太稀鬆平常了。」他沉思了一下，看起來有點陰鬱，「事實上，我認為最近談他的文章並沒有真的很犀利——」

「你說起話來像個助教，真的是那樣。」

「請問妳剛剛說什麼？」連恩用拿捏過的平靜語氣說。

「你說起話來很像助教。很抱歉這樣形容你，但你就是很像。真的很像。」

「是嗎？可以告訴我說話像助教是什麼意思嗎？」

法蘭妮看得出他被惹毛了，也看得出他火大到什麼程度，但在這當下，她想說出心裡的話，等量的自我否定和怨恨驅使她這麼做，「呃，我不知道這裡的助教都在做什麼，不過在**我**讀的學校，助教會在老師缺席或忙著精神崩潰，或去看牙醫時代替他講課。助教通常是研究生之類的人。總之呢，舉俄羅斯文學課為例吧，這堂課的助教會穿著鈕釦領襯衫、條紋領帶進門，然後開始挑剔屠格涅夫，數落他半小時。然後呢，當他說完之後，在他當著你的面徹底**毀了**屠格涅夫之後，他就開始談司湯達爾，或某個他碩士論文的探討對象。在我學校的英語系裡，大約有十個助教四處走跳，幫人跑腿。他們都太優秀了，優秀到幾乎不會開金口——放過那些矛盾吧。我的意思是，如果你跟那些人爭論，他們只會在臉上掛一個**和善**到不行的——」

「妳今天還真該死地激昂啊——妳知道嗎？妳到底是怎麼了？見鬼了嗎？」

法蘭妮迅速點了一下菸灰，然後將菸灰缸往自己的方向拉近一英寸。「對不起，我狀況很糟。」她說：「我這整個星期都很慘烈，很糟。我太爛了。」

「讀妳的信不會覺得妳有那麼慘烈。」

法蘭妮嚴肅地點點頭。她看著太陽拋在桌巾上的一塊溫暖小光點，大小跟撲克籌碼差不多。「我忍著沒寫出來。」她說。

連恩開口想說點什麼，不過服務生突然過來收走空馬丁尼杯。「妳還要嗎？」連恩問法蘭妮。

他沒得到回應。法蘭妮異常認真地盯著那一小點陽光，彷彿考慮躺上去似的。

「法蘭妮，」為了讓服務生好辦事，連恩耐心地說：「妳要再點一杯馬丁尼嗎？還是怎樣？」

她抬頭：「抱歉。」她看著服務生手中那剛拿走的空杯，「不要。要。我不知道。」

連恩笑了一聲，看著服務生。「要還是不要？」他說。

「要，請給我一杯。」她看起來戒心又更重了。

服務生離開了。連恩目送他離開包廂，然後又回頭看法蘭妮。她手中的菸靠著服務生剛拿來的新菸灰缸一側，製造著菸灰，她的嘴並沒有完全合攏。連恩盯著她看了一會兒，惱怒逐漸高升。他很有可能憎恨、畏懼著一種情況，那就是他認真交往的女孩顯露出任何情感疏離的跡象。不管怎麼說，這個抓狂的法蘭妮有可能會毀掉這個週末，這可能性著實令他煩憂。他突然探出身子，雙手按住桌面，彷彿要將這件事整頓好，但天啊，法蘭妮比他先開口了。「我今天很糟。」她說：「我今天太失常了。」她發現她用看陌生人的方式看著連恩，又彷彿將他看成地鐵車廂對面的海報，亞麻地板的廣告。她再次感覺到背叛與罪惡感的涓流，彷彿它們是今日必備之物。而她的應對方式是伸手按住連恩的手。幾乎在下一瞬間她就縮了回去，拿起菸灰缸上的菸。「我很快就會振作起來。」她說：「我保證我絕對會。」她對連恩微笑（某種層次上算是真誠），如果對方此時也回以微笑，起碼多少能緩和接下來注定會發生的一些小插曲。但連恩忙著有樣學樣地醞釀自己的疏離，選擇不回以微笑。法蘭妮吸了一口菸。「要不是事情太遲了，」她說：「還有，要不是我蠢到決定要爭取**好成績**，我想我會放棄英語系的課。我不知道。」她點了一下菸灰，「我實在是受夠那些學究和驕傲的掃興鬼了，我好想尖叫。」她看著連恩。「對不起，我不說了，我向你保證……我只是想，要是我膽子夠大的話，我今年根本不用回來上大學了。我不知道。我是說，大學是最不可思議的鬧劇。」

「很棒，說得好極了。」

法蘭妮接受那譏諷，認為那是她應得的。「抱歉。」她說。

「不要再說抱歉了——可以嗎？我想妳應該沒發現自己做出了一個**極度**簡化的推論。如果所有英語系的人都是掃興鬼，那它會完全不——」

法蘭妮打斷了他，但她發出的聲音幾乎聽不見。她的視線越過他深灰色法蘭絨罩住的肩膀，落在餐廳另一頭的抽象畫上。

「什麼？」連恩問。

「我說我知道，你說得對。我失常了，就只是這樣罷了。別管我就好。」

不過連恩不肯結束這段爭論，非得要事情按照他的意思解決。「我想說的是，靠，」他說：「各行各業都有能力不足的人，我的意思是，基本上是這樣，我們暫時別管那些廢物助教了。」他看著法蘭妮，「妳在聽我說話嗎？還是怎樣？」

「我在聽。」

「你們那該死的英語系上有本國最優秀的兩名詩人。曼里烏斯，還有艾斯波西多。天啊，真希望他們是在**這裡**教書。至少他們是詩人啊，看在老天的分上。」

「他們不是。」法蘭妮說：「那就是英語系糟糕的原因之一。我的意思是，他們不是**真正的**詩人。他們寫詩會有人幫他們出版、收進選集，到處都看得到，就只是這樣而已。但他們不是詩人。」她有所自覺地打住，捻熄香菸。她的臉似乎失去了血色，情況至今已維持了好幾分鐘。突然間，她的口紅彷彿也變淡了一、兩個色階，宛如她剛用舒潔面紙擦了一下。「我們別談這個了。」她的語氣可說是無精打采，邊說邊摁著菸灰缸中的菸蒂。「我太失常了，我會毀掉這整個週末。也許我椅子下面有個暗門，我乾脆消失好了。」

服務生上前了，停留時間不長，在兩人面前分別擺了第二杯馬丁尼。連恩的手指（纖細修長，通常不會遠離她的視線範圍）勾住杯腳，「妳不會**毀掉**任何東西。」他沉靜地說：「我只是很好奇，很想搞清楚狀況。我說啊，難道一個人非得有該死的波希米亞氣質或者**死了**，才會成為**真正的詩人**嗎？行行好吧。妳想要什麼樣的人？有鬈髮的混蛋？」

「不，我們可不可以不要再談這個了？拜託，我真的很不舒服，我就快——」

「我很樂意中斷這個話題——我會很開心。只要妳先告訴我**真正的詩人**是什麼就好了，如果妳不介意的話。我會很感激的，我說真的。」

法蘭妮的額頭高處掛著微亮的汗珠，那可能只代表這包廂太暖和了，或者她的肚子不太舒服，或者馬丁尼太烈了。總之，連恩似乎沒注意到這狀況。

「我不**知道**什麼是真正的詩人。我希望你**不要**再說了，連恩。我是認真的，我現在感覺很不舒服，很怪，我沒辦法——」

「好好好——沒事，放輕鬆。」連恩說：「我只是想試著——」

「我只知道一件事，就這麼多。」法蘭妮說：「如果你是詩人，你就要創造美。我的意思是，你應該讓讀者放下書、放下作品之後，心中仍存有某種美的事物。你剛剛提到的人完全不會在讀者心中留下任何零星的美好。那些比一般人高明一點的作者所做的事情，大概就是鑽進你心中，留下一些**東西**，但就只是因為他們這麼做，就只是因為他們知道該如何留下一點**東西**，而那東西未必是**詩**啊，看在老天分上。那可能只是某種迷人得可怕的句構**排泄物**——請原諒我這樣表達。曼里烏斯、艾斯波西多，還有其他可憐的傢伙都是這樣。」

連恩開口前，先花了一些時間點菸。然後他說：「我以為妳喜歡曼里烏斯。事實上，如果我沒記錯的話，妳在大約一個月前說過他很迷人，妳——」

「我確實欣賞他。我受夠只能欣賞一個人的感覺了，我希望上天讓我遇見一個值得尊重的人……我可以失陪個一分鐘嗎？」法蘭妮突然站了起來，拿起手提包。她臉色慘白。

連恩站了起來，椅子往後推，嘴巴微啟。「怎麼啦？」他問：「妳身體還好嗎？有哪裡不對勁還是怎樣？」

「我馬上回來。」

她沒問路就離開了包廂，彷彿她以前也在席克勒餐廳吃過午餐，知道該往哪裡走。

連恩獨自在座位上，坐在那裡抽菸，克制地小口小口啜飲馬丁尼，以免在法蘭妮回來之前就喝光了。他半小時前還認為自己待在恰當的地方，身邊有個恰當（或者說外表恰當）的女孩，因而感到怡然自得，顯然那感覺如今已消失殆盡了。他望向那浣熊短毛大衣，它掛在法蘭妮離去後的空位椅背上，似乎有點歪歪的——他在車站時還為它感到興奮，只因基於自己對它的深入認識。如今他檢視著它，心中感覺到無限的不滿。不知怎麼地，大衣的絲質內襯令他惱怒不已。他不再望向大衣，改盯著馬丁尼杯的杯腳，神色憂戚，彷彿誰隱約有暗算他的不正當計畫。有件事是確定的：這週末著實以非常詭譎的方式揭開序幕。不過就在這時，他抬起頭，剛好看到他認識的某人穿過包廂——是他的同學，身邊有個女伴。連恩在椅子上坐挺了一點，調整臉部表情。上一秒他是懷抱各種擔憂和不滿的男人，現在他只是一個等女伴從廁所回來的男人，無事可做，只能像任何等待伴侶歸來的人那樣，抽抽菸，露出無聊的神色，但又散發完美的魅力。

席克勒餐廳的女廁幾乎和用餐區一樣大。若從特別一點的角度思考，你會覺得它的舒適度似乎也不遑多讓。法蘭妮進門時空無一人，顯然也沒人在使用。她站了一會兒——彷彿將它當成某種會面點似的，就那麼站在磁磚地板的中央。她的眉際如今結了好幾顆汗珠，嘴巴無力地張著，臉色比在用餐區時還要蒼白。

突然間，她快步走進七、八個小隔間當中最遠、最不起眼的那個（幸好不需要投錢），關上門，有點吃力地上了鎖，坐下來，並不怎麼留意四周環境的狀態。她使勁併攏膝蓋，像是要讓自己成為一個更小巧、更密實的物件似的。接著她的雙手垂直按在眼睛上，狠狠地壓它們，彷彿要癱瘓視神經，將它們所見的一切影像都沉入虛空般的黑暗中。她伸出的手指儘管顫抖著，或正因為它們顫抖著，反而顯得異常優雅、美麗。那緊繃、近乎胎兒般的姿勢維持了一段懸而未決的時間後——她崩潰了。她哭了整整五分鐘，痛哭，完全不試圖壓抑其他更為刺耳的、悲傷與困惑的表現形式。歇斯底里的小孩呼出的空氣通過半閉的會厭時，會產生抽搐的喉音，而她現在發出的聲音就與那相近。然而，當她停止哭泣時，聲音就只是停了，激烈吐納後往往會伴隨著痛苦的、刀割般的抽噎，這並沒有發生在她身上。當她停止哭泣時，她的內心彷彿發生了重大的磁極倒轉，為她的身體帶來立即性的鎮靜效果。她臉上涕淚縱橫，但沒什麼表情，幾乎可說是空洞的。她從地上拿起手提包，打開它，取出豌豆綠書皮的小書，放在大腿上（或說放在膝蓋上更為精確），低頭看著它，凝望它，彷彿就一本豌豆綠色小書來說，那是最適切的位置了。又過了一會兒，她拿起書，舉到胸前，緊按在懷中——動作堅定，且極為短暫。接著她將書放回手提包，起身走出小隔間。她以冰水洗臉，再從上方架子取下毛巾擦乾，補上口紅，梳理頭髮，離開廁所。

她穿過餐廳回到桌邊時，看起來相當令人驚豔，儼然就是個準備度過大學週末生活的女孩。她生氣勃勃、面帶微笑地走向自己的座位，連恩則緩緩起身，左手捏著一張餐巾。

「天啊，真抱歉。」法蘭妮說：「你以為我死了嗎？」

「我不覺得妳**死了**。」連恩幫她拉開椅子，「我是不知道妳到底怎麼了，見鬼了還是怎樣。」他繞回自己的座位，「我們並沒有太多時間，妳也知道。」他坐下，「妳還好嗎？妳的眼睛紅通通的。」他更仔細地看著她，「妳還好嗎？還是怎樣？」

法蘭妮點了一根菸。「我**現在**好極了。我只是剛剛很暈，這輩子從來沒覺得那麼**暈眩**過。你點餐了嗎？」

「我在等妳。」連恩說，他還是緊盯著她看，「妳剛剛到底是怎麼了？肚子不舒服嗎？」

「不是。是但也不是，我不知道。」法蘭妮低頭看著盤子上的菜單，沒拿起它，直接讀上頭的資訊。「我只要一個雞肉三明治，也許再加一杯牛奶吧……不過你想點什麼都點吧。我是指蝸牛、章魚那些東西。我真的一點都不餓。」

連恩看著她，朝自己的盤子呼出一道細細的煙，感覺過於意味深長。「好個週末小救星啊。」他說：「雞肉三明治，我的老天。」

法蘭妮火大了。「我不餓，連恩——很抱歉。我的天啊。拜託了，你現在點你想要點的，何不這樣呢？你用餐時，我也會吃。但我不可能因為你想要我有胃口就生出胃口。」

「好好好。」連恩轉過頭去，讓服務生注意到他。不久後，他幫法蘭妮點了雞肉三明治和一杯牛奶，然後幫自己點了蝸牛、青蛙腿、沙拉。服務生離開後，他看了一眼手錶說：「我們應該要在一點十五分、三十分左右到十橋，提醒妳一下。不能再晚了。我跟瓦利說我們應該會去喝個一杯，然後我們可能就搭他的車一起去體育館吧。妳會介意嗎？妳很喜歡瓦利。」

「我根本不知道他是誰。」

「老天呀，妳見過他二十次左右了。瓦利·坎貝爾。耶穌在上。如果妳見過他一次，妳就——」

「喔，我想起來了……聽著，不要因為我無法立刻回想起某人就討厭我，尤其他們每個人都長一個樣，說話、打扮、行動都一個樣。」法蘭妮攔住她的舌頭，覺得它發出來的聲音吹毛求疵又惡毒。一波自我厭惡感湧上，再度使她的眉毛開始結出汗珠，絕無誇大。但她的說話聲又重振了，無視她的想法，「我不是說他這人有什麼可怕的地方，還是怎樣。只是這整整四年來，我不管去哪裡都會見到瓦利．坎貝爾。我知道他們何時會散發出魅力，我知道他們何時會開始聊那些住在你們宿舍裡的女孩，講一些糟糕到不行的傳言，我知道他們何時會問我夏天做了些什麼，我知道他們何時會拉張椅子、倒著放、跨坐上去，開始用極細、極細的嗓音吹噓——或用安靜又漫不經心的語調，搬出別人的名字來攀關係。他們有個不成文的規定：位於某種社經地位的人愛怎麼攀關係就怎麼攀關係，只要他們搬出那些大人物的名字後，隨即做出一些毀謗就行了——他是個混蛋，或色情狂，或成天嗑藥，或某種可怕的人。」她再度打住，安靜了一段時間，以手指轉動菸灰缸，小心地克制自己，不要抬頭去看連恩的表情。她開口說：「抱歉，我不是真的指瓦利．坎貝爾，我舉他為例是因為你正好提到他，而他看起來就像是夏天會去義大利或什麼地方度假的那種人。」

「他去年夏天是去法國，提醒妳一下。」連恩說：「我知道妳的意思，」他馬上補了一句：「但妳真是該死的——」

「好，」法蘭妮疲倦地說：「法國。」她拿起桌上那包菸，抽出一根。「不只是瓦利，女孩子也一樣啊，行行好吧。我的意思是，如果他是個女孩——比方說住我宿舍裡的人，那他整個夏天可能都會在某個駐點劇團裡畫布景，或騎腳踏車橫越威爾斯，或在紐約租間公寓，幫雜誌社或廣告公司工作。我的意思是，**每個**人都那樣。每個人做的一切都……該怎麼說呢，那不是**錯**的，甚至不一定是卑賤或愚蠢的。但那些行為好瑣碎、無意義，而且——好可悲。最糟的是，如果你改走波希米亞路線或過類似的瘋狂生活，你其實還是跟大家一樣循規蹈矩，只是方向不太一樣。」她閉上嘴，搖了幾下頭，臉色蒼白，她匆促地用手摸了一下額頭，這動作不像是在確認自己是否出了汗，反而更像是檢查有無發燒，彷彿她是自己的父母。「我感覺好怪，」她說：「我覺得我快瘋了。也許我已經瘋了。」

連恩盯著她，真心感到擔憂——展現出的憂心多過好奇。「妳看起來一點血氣也沒有，臉色真的很蒼白——妳知道嗎？」他問。

法蘭妮搖搖頭，「我沒事，等一下就沒事了。」服務生送餐來了，她抬起頭來。「喔，你的蝸牛看起來真棒。」她已將菸拿到雙唇間，但菸熄了。「可以用火柴幫我點個火嗎？」

服務生離開後，連恩幫她點火。「妳抽太多了。」他拿起那盤蝸牛旁的小叉子，但使用它之前再度望向法蘭妮。「我很擔心妳，我說真的。見鬼了，妳過去幾個星期到底是怎麼了？」

法蘭妮看著他，聳肩的同時搖搖頭。「沒怎樣，完全沒事。」她說：「吃吧，吃那些蝸牛。如果冷了就難吃了。」

「妳吃。」

法蘭妮點點頭，低頭看著她的雞肉三明治。她感覺到一股微弱的暈眩，立刻抬起頭來，吸了一口菸。

「戲排得如何？」連恩問，同時處理著他的蝸牛。

「我不知道，沒我的事，我退出了。」

「退出了？」連恩抬起頭，「我還以為妳超愛那個角色呢。怎麼了？他們要別人演嗎？」

「不，他們沒有。完全是我個人的問題。好討厭，真討厭。」

「呃，怎麼啦？妳不會連戲劇系都不讀了吧？是嗎？」

法蘭妮點點頭，喝了一口牛奶。

連恩咀嚼、吞下食物後才說：「老天啊，為什麼？我還以為妳對該死的戲劇充滿了熱情呢。我從來沒聽妳對一件事那麼——」

「我不演了，就這樣。」法蘭妮說：「我開始覺得尷尬了，開始覺得自己是個低級的利己主義者。」她沉思。「該怎麼說呢，別的不說，光是想演它似乎就顯得我品味很差，之類的。我是指那些自負。我還在演戲的時候，演完戲待在後台的當下，我好討厭自己那樣。自負的人們到處流竄，自以為**慈悲**又**溫暖**。親吻所有人，身上沾滿他人的妝，朋友來後台見妳時，妳還得試著故作自然，表現友善，而且要到駭人的程度才行。我實在好討厭自己……最糟的是，我演那些戲通常會感到可恥，尤其是夏季公演時。」她看著連恩，「我演的是很好的角色，別誤會我。不是那樣的。如果有我尊敬的人來看戲——例如我兄弟，聽我說一些我不得不說的**台詞**，我就會感到丟臉。我以前會寫信給某些人，叫他們別來看。」她再度沉思，「只有去年夏天演《西方世界的花花公子》的佩金時例外。我是說，它原本真的會很棒，可惜飾演花花公子的呆子毀了它的趣味。他情感太豐沛了——天啊，根本豐沛過了頭！」

連恩吃完了他的蝸牛，刻意面無表情地坐在位置上。「他獲得很多好評。」他說：「妳曾經寄劇評給我，如果妳記得的話。」

法蘭妮嘆氣。「好吧。好的，連恩。」

「不，我的意思是，妳這半個小時講話的方式都一個樣，彷彿以為自己是世界上唯一一個有品味、有批判能力的人。我是說，如果有某些優秀的評論認為這人在戲裡演得很好，也許他真的就是演得很好，也許妳錯了。妳有沒有想過這個可能性？我說啊，妳還沒有真正接觸到成熟、古老的——」

「他就只是棒在才華洋溢。如果要演好花花公子，你得是個天才才行。就是得**這樣**，沒別的辦法了——我幫不上忙。」法蘭妮說。她稍微拱起背，嘴巴微啟，一隻手按上頭頂。「我好暈、很不舒服，我不知道自己是怎麼了。」

「妳以為**妳是**天才嗎？」

法蘭妮放下頭頂的手，「喔，連恩，拜託，別那樣跟我說話。」

「我沒說什麼——」

「我只知道我失常了。」法蘭妮說：「我受夠自我、自我、自我了。我的自我和所有人的自我。每個人都想到達什麼地方，做些與眾不同的事，當個有趣的人，而我受夠那些了。好噁心——那很噁，真的很噁。我不在乎其他人說什麼。」

連恩皺起眉頭，表示不同意，他往椅背一靠，以便把話說清楚。「妳確定不是因為害怕競爭才這樣想？」他用斟酌過的平靜語氣說：「我不是很懂，但我敢打賭一個優秀的精神分析學家——我是指真的夠格執業的那種，八成會將妳的說法——」

「我不怕競爭，事情正好相反。你看不出來嗎？我害怕我會去跟人競爭——這就是我害怕的部分。那就是我從戲劇系休學的原因，我怕我會習慣這一切，接受所有人的價值觀。我喜歡讚賞、喜歡別人的吹捧，不代表這些評價是正確的。我引以為恥，我覺得這很噁心。我覺得沒勇氣當一個無名小卒的自己很噁心。我覺得我，還有其他所有渴望搞出名堂的人都很噁心。」她停頓了一下，突然將牛奶杯拿到唇邊。「我知道自己會這樣。」她說：「這是新的狀況，我的牙齒很不對勁，會打顫。前天我差點咬破一個杯子。也許我徹頭徹尾地瘋了，只是自己還不知道。」

服務生送連恩的蛙腿和沙拉過來了，法蘭妮抬頭看他，他則低頭看著她完好如初的雞肉三明治，問這位年輕小姐是否需要改點別的餐。法蘭妮謝謝他，隨即拒絕了。「我只是吃得很慢。」她說。服務生（他並不是年輕人）似乎盯著她蒼白的臉色和潮溼的眉毛看了一會兒，才鞠躬離去。

「妳要用一下這個嗎？」連恩突然說。他向她遞出一塊摺起來的手帕，嗓音散發出同情、體貼，儘管他刻意用就事論事的方式表達。

「為什麼？我需要嗎？」

「妳在流汗。不是流汗，不過妳的額頭上有些汗珠。」

「是嗎？太糟了！對不起……」法蘭妮將包包拿到桌上，打開它，開始翻找東西。「我有包面紙不知塞在哪了。」

「老天，用我的手帕吧。有什麼差別啊？」

「不——我喜歡那條手帕，我不要弄溼它。」法蘭妮說。她的包包裡塞滿東西。為了方便察看，她開始取出幾樣東西，放到桌巾上，她沒咬半口的雞肉三明治左邊。「有了。」她說。她對著隨身小鏡子，用面紙快速而輕柔地抹了幾下眉毛。「天啊，我看起來像鬼魂。你怎麼受得了？」

「那本書是什麼？」連恩說。

法蘭妮真的是從座位上跳了起來。她低頭看著桌巾上散亂的一小堆手提包內容物。「什麼書？」她說：「你是說這個嗎？」她拿起布面書皮裹住的小書，放回包包內。「只是我借來的書，想說在火車上看。」

「讓我看一下吧，是關於什麼的書？」

法蘭妮彷彿沒聽到他說話。她再度打開小鏡子，迅速瞥了一下鏡中的自己。「天啊。」她說。接著她清掉所有東西，放回手提包裡——小鏡子、皮夾、洗衣店單據、牙刷、一罐阿司匹靈，還有一根鍍金的攪拌棒。「我不知道自己為什麼要帶著這根瘋狂的鍍金攪拌棒到處跑。」她說：「這是我大二那年，一個有點土的男孩送我的生日禮物。他認為這是一個美麗又鼓舞人心的禮物，在我拆包裝時一直盯著我看。我一直想把這東西丟掉，但就是辦不到。它會跟著我一起進墳墓。」她沉思了一會兒。「他不斷對我咧嘴笑，說我如果一直把它帶在身上，就會招來好運。」

連恩開始吃他的蛙腿了。「那本書到底是啥呀？那是妳該死的祕密還是怎樣？」他問。

「我包包裡的小書？」法蘭妮說，並看著他切開那對蛙腿。接著她拿起桌上那包菸，抽出一根，自己點火。「喔，該怎麼說呢。」她說：「那本書的書名是《朝聖者之路》[2]。」她看著連恩進食了好一會兒。「我從圖書館借的。我這學期修宗教概論，老師提到這本書。」她抽了一口菸，「我借了好幾個星期，一直忘了還。」

「誰寫的？」

「我不知道。」法蘭妮一派輕鬆地說：「顯然是某個俄羅斯農夫。」她繼續看著連恩吃蛙腿。「他從頭到尾都沒提及自己的名字。閱讀故事的過程中，你不會知道他叫什麼。他只說自己是個農夫，三十三歲，有一隻萎縮的手。他的妻子已經死了。所有事都發生在一八〇〇年代。」

連恩剛把注意力從蛙腿轉移到沙拉上。「這書給了妳什麼幫助嗎？」他說：「它在講什麼？」

「該怎麼說呢，它很怪。我是說，它基本上是宗教書籍。就某個角度而言，你可以說它狂熱得可怕，但從另外一個角度而言又不會。是這樣的，在故事的開頭，這農夫——這朝聖者想搞清楚《聖經》說的『你應不住地禱告』是什麼意思。就那個嘛，不斷祈禱。《帖撒羅尼迦前書》之類的經典是這樣說的。於是他開始步行橫跨俄羅斯，看誰能教他不斷祈禱的方法。告訴他不斷祈禱時該說些什麼。」法蘭妮似乎對連恩分解蛙腿的方式深感興趣，說話時一直緊盯著盤子。「他只帶著一只行囊上路，裡頭裝著鹽和麵包。後來他遇到一個叫長老的人——大概是德高望重的宗教人士。這個長老向他提起一本書，叫《慕善集》[3]，顯然是一群德高望重得可怕的僧侶寫的。他們在這本書中算是提倡了一種不可思議的祈禱方式。」

「別動。」連恩對那對蛙腿說。

「總之，朝聖者學會了這些神祕人物推崇的禱告方式——他不斷實行，直到自己精通所有環節。接著他繼續步行到俄羅斯各個角落，遇到各種奇妙人物，教他們

---

2 《朝聖者之路》（*The Way of a Pilgrim*），十九世紀俄文神祕學作品，作者不可考。

3 《慕善集》（*Philokalia*），從四世紀到十五世紀之間東正教教會僧侶累積起來的冥思文集。原文題名意為「對美與善的渴慕」。

用這不可思議的方式禱告。整本書真的就是在講這個而已。」

「我不想提這件事，不過我等等身上會有大蒜味。」連恩說。

「他在旅途中的某一天，遇到一對夫婦，他們是我這輩子最愛的書中人物。」法蘭妮說：「他走在某條鄉間小路上，背扛行囊，走著走著，有兩個小孩跟在他身後，邊跑邊喊：『親愛的小乞丐！親愛的小乞丐！你一定要去我家找媽咪，她很愛乞丐。』於是他和小朋友們回家，而那個可愛到**極點**的角色，也就是孩子們的母親，便匆匆忙忙地跑出家門，堅持要幫他脫掉骯髒的舊鞋，還要泡杯茶給他喝。接著孩子的父親回家了，他顯然也愛乞丐和朝聖者，大家一起坐下來共進晚餐。吃飯時，朝聖者想知道桌邊的每一位小姐是誰，孩子的父親便說她們都是僕人，但總是會跟他們一起用餐，因為大家在基督裡都是姊妹。」法蘭妮突然在座位上稍微坐挺了一點，有點不太自在。「我是說，我很喜歡朝聖者的想法，他想知道同席的小姐們是誰。」她看著連恩在一塊麵包上塗奶油。「總之，晚餐過後，這朝聖者留下來過夜，他和孩子們的父親不停地聊不斷禱告的方法，直到三更半夜才睡。朝聖者告訴他作法。到了早上，他離開這戶人家，繼續冒險旅程。他遇到了各式各樣的人——我說真的，這整本書就是這樣而已。他告訴所有人如何用這特殊的方式禱告。」

連恩點點頭，拿起叉子戳進沙拉之中。「希望這週末上帝行行好給我們一點時間，妳才能瞄一下我之前提到的報告。」他說：「該怎麼說呢，我也許不會拿它做什麼——我是說出版之類的，不過妳人都來了，我希望妳能瞄個一眼。」

「我想看啊。」法蘭妮說，她看著他在另一塊麵包上塗奶油。「你搞不好會喜歡這本書。」她突然說：「我是說，它很樸實。」

「聽起來很有趣。妳沒要抹妳的奶油，對吧？」

「沒，拿去吧。我不能借這本書給你，因為它現在就已經是逾期未還了，不過你也許可以在這裡的圖書館借到。我相信很有可能。」

「妳完全沒碰那該死的三明治。」連恩說：「妳知道嗎？」

法蘭妮低頭看盤子，彷彿食物才剛放到她眼前。「我等一下就吃。」她說。她靜靜坐了一會兒，左手拿菸，但沒抽，右手緊握著牛奶杯的底部。「你想知道長老告訴他的祈禱方式是什麼嗎？」

連恩切著他的那對蛙腿，點點頭。「想，」他說：「當然想。」

「呃，就像我剛剛說的——這個率真的農夫展開朝聖之旅，是為了搞清楚《聖經》中說的不斷禱告是什麼意思。後來他遇到長老——就是我剛剛說的，那個德高望重的宗教人士，他曾經年復一年地鑽研《慕善集》。」法蘭妮突然停頓了一下，深思，組織她要說的話。「嗯，長老首先告訴他耶穌禱文。『主耶穌，憐憫我吧。』就是這個。他向他解釋，這些是禱告時最適用的字句，尤其是『憐憫』，因為它真的是一個很龐大的詞彙，含義豐沛。我是說它不只有『**憐憫**』的意思。」法蘭妮又停頓、深思了一下。她不再盯著連恩的盤子看了，她的視線投向他身後。「總之，」

她接著說：「長老對朝聖者說，如果你不斷反覆念誦禱文——起先只要動**嘴唇**就好，到最後禱文便會自行運作。不久後，會有某種狀況**降臨**。我不知道是什麼狀況，但總之會有個狀況，然後字句就會跟禱告者的心跳同步，你就能毫不間斷地禱告下去了。而這會對你的整個外表產生劇烈、神祕的影響。我是說，這或多或少就是**重點**所在吧。你透過這樣的禱告淨化自己的外貌，獲得全新的觀念，去觀照所有事物。」

連恩吃完餐點了。此刻，在法蘭妮停頓的這個當下，他靠往椅背，點菸，看著她的臉。

「不過重點是，最棒的地方在於你開始採取行動時，並不需要對你的行動抱持**信仰**。我的意思是，就算你對這件事感到尷尬也無所謂。我的意思是，你又沒**污辱**誰之類的。換句話說，你剛開始做的時候，沒有人會要求你去信任何東西。長老說，你甚至不用管自己在說什麼。你最初只需要顧慮量，之後呢，量自己就會發展出質。靠它自己的力量之類的。他說任何神的名字——任何名字都有這種自行運作的能量，你啟動它後，它就會自己運行下去。」

連恩頗為慵懶地癱在椅子上，抽菸，瞇起的雙眼專注地盯著法蘭妮的臉。她的臉色還是很蒼白，不過已經比他們進入席克勒餐廳後的其他時刻好一點了。

「事實上，他說得非常合理。」法蘭妮說：「佛教當中有念佛宗，而這教派的信徒會不停說『南無阿彌陀佛』——意思是『讚美佛陀』之類的，他們念著念著也會發生一樣的狀況。完全——」

「別激動，放輕鬆。」連恩打斷她，「我首先要告訴妳，妳隨時會燙到自己的手指。」

法蘭妮以小到不能再小的幅度瞥了左手一眼，然後將仍在燃燒的菸屁股丟到菸灰缸中。「《無知之雲》[4]當中也有類似的狀況發生。只需要『神』這個字，我是說你只要不斷說『神』就夠了。」她望向連恩，比過去幾分鐘都更接近正眼看他。

「我要說的重點是，你這輩子聽過這麼迷人的事嗎？你很難說這一切都只是巧合，接著就拋到腦後不管。對我來說，這是非常迷人的。至少，這就是我如此——」她打住。連恩焦躁地在椅子上調整姿勢，臉上掛著她非常熟悉的表情——主要以他抬起的眉毛為重心。「怎麼了？」她問。

「妳其實信那套對不對？」

法蘭妮的手伸向那包菸，掏出一根。「我沒說我信或不信。」她說，並掃視桌面，尋找火柴。「我是說這件事很迷人。」她接下連恩遞來的火。「我只是認為這是古怪到極點的巧合。」她呼出煙霧。「你不斷巧遇同一類的建議。我是說，這些德高望重、絕非冒牌貨的宗教人士不斷告訴你，只要持續誦念神的名字，就會發生一些事。就連印度也不例外。在印度，他們會要你邊誦唱『Om』邊冥想，這其實

4《無知之雲》（*The Cloud of Unknowing*），十四世紀以中古英語寫成的基督教神祕主義文集，內容是對修行者沉思與觀想的引導，作者不可考。

也是一樣的，而它的效果也跟誦念神的名字一樣。所以我是要說，你不可能直接用理性去——」

「效果是什麼？」連恩簡短地說。

「什麼？」

「我是說，誦念之後應該會有個效果是什麼？妳說的同步啊，嘰哩呱啦有的沒的那些。妳得了什麼心病嗎？我不知道妳知不知道，但妳有可能，一個人有可能對自己造成很大的——」

「你會見到神。你內心當中有絕對非屬肉身的那個部分——印度教徒認為那裡是靈魂的居所，如果你相信宗教的話。那部分會發生一些事，而你會見到神，就這樣。」她不自在地彈了一下菸灰，結果灰剛好落在菸灰缸外。她用手指捏起灰，放入容器內。「別問我神是誰或是什麼，我甚至不知道祂存不存在。我小時候曾以為——」她打住了。服務生走了過來，收走碗盤，再次將菜單放到他們面前。

「妳要吃甜點還是喝咖啡？」連恩問。

「我想我喝完我的牛奶就夠了，但你可以點些吃的。」法蘭妮說。服務生剛端走她半口都沒吃的雞肉三明治，她不敢抬頭看他。

連恩看了一眼手錶，「天啊，我們沒有時間了，如果能準時去看**球賽**就夠幸運了。」他抬頭看著服務生說：「我點一杯咖啡就好，麻煩了。」他目送服務生離去，然後往前探出身子，手撐桌面，態度全然放鬆，肚子裡裝滿食物，而咖啡不久後就會送來。「嗯，總之妳說的那些很有趣。那些有的沒的……我認為妳沒有留下任何餘地，讓**心理學**來做最根本的解釋。我是說，我認為所有宗教體驗都有一個共同的、非常顯著的心理學背景——妳懂我的意思……不過妳說得很有趣，這沒人能否認。」他望向法蘭妮，微笑，「對了，我怕我忘記，現在就對妳說吧。我愛妳。我有沒有挑對時機呢？」

「連恩，我可以再離開一下嗎？」法蘭妮還沒把話說完就起身了。

連恩也緩慢起身，看著她。「妳還好嗎？」他問：「妳又不舒服了，還是怎樣？」

「很好笑。我立刻回來。」

她快步穿過餐廳，循著她剛走過的路徑移動，但她相當突然地在餐廳另一頭的雞尾酒吧前定住。正在擦雪莉酒杯的酒保看著她。她右手扶住吧檯，低下頭去——低到像是在鞠躬，左手僅以指尖觸碰額頭。她踉蹌了幾步，然後就失去意識，昏倒在地了。

將近五分鐘後，法蘭妮才徹底醒轉過來。她躺在經理辦公室的沙發上，連恩坐在她身旁。他的臉焦慮地懸在她的面孔上方，如今也失去了血色。

「妳還好嗎？」他說話的嗓音像是在病房，「感覺有沒有好一點？」

法蘭妮點點頭。頭上燈光明亮，她閉上眼睛一秒，隨即又睜開。「我該問『我在哪裡』嗎？」她說：「我在哪裡？」

連恩笑了，「妳在經理辦公室，所有人都在東奔西走，找阿摩尼亞嗅劑、醫生、要帶妳去的東西。他們顯然用完嗅劑了。妳感覺如何？我是認真問的。」

「我很好。我感覺自己很**遲鈍**，但我很好。我真的**昏倒**了嗎？」

「那還用說，妳真的掛了。」連恩說，並握住她的手，「妳到底是怎麼了？心裡有底嗎？我是說，我上星期跟妳講電話的時候，妳聽起來很……應該說……很完美。妳今天沒吃早餐，還是怎樣？」

法蘭妮聳聳肩，環顧四周。「我好糗。」她說：「有誰被迫把我**扛**進來嗎？」

「酒保和我，算是用提的把妳提進來的。妳嚇死我了，我沒在開玩笑。」

法蘭妮若有所思地看著天花板，眼睛一眨也不眨，一隻手被連恩握著。接著她轉頭，用另一隻手作勢要將連恩的衣袖往後拉。「現在幾點？」她問。

「別在意。」連恩說：「我們沒要趕時間。」

「你想去那個雞尾酒派對。」

「管它去死。」

「現在要去球賽也太遲了嗎？」法蘭妮問。

「聽著，我說管它去死。妳等等要回旅館房間去。什麼旅館？藍色百頁窗。妳要在那裡休息，那是最重要的。」連恩說。他坐得離她更近些許，彎腰給了她一個短短的吻。他轉頭望向門邊，然後又回頭看法蘭妮。「今天下午妳要好好休息，這就是妳唯一要做的事。」他輕撫她的手一陣子。「也許一陣子之後，等妳休息夠了，我可以上樓去。我想那裡應該有個該死的後門樓梯，我可以找到它。」

法蘭妮什麼也沒說，她看著天花板。

「妳知道那是多久以前了嗎？」連恩說：「我說那個週五夜晚。已經是上個月初那麼久以前的事了，對吧？」他搖搖頭，「這樣不好，他媽隔太久沒喝了，讓我說得粗魯一點。」他低頭，更仔細地看法蘭妮，「妳真的好一點了嗎？」

她點點頭，轉頭面向他。「我快渴死了，就只是渴。你覺得我可以喝一點水嗎？會很麻煩嗎？」

「當然不會！我暫時離開一下，妳不會怎樣吧？妳知道我想怎麼安排嗎？」

法蘭妮搖搖頭，回答他的第二個問題。

「我會去找人幫妳倒水，再去找領班，請他不用再找阿摩尼亞嗅劑了——然後順便結帳。接著我會先叫好計程車，我們出去之後就不用到處找了。會花上我幾分鐘，因為大多數計程車會繞來繞去，鎖定準備去看球賽的人。」他鬆開法蘭妮的手，起身。「這樣好嗎？」他說。

「好。」

「好，我馬上回來，別亂動。」他離開了房間。

法蘭妮獨自一人躺著，靜靜看著天花板。她的嘴唇開始動了，它們吐出無聲的字句，而且持續不斷。

卓依

眼前的事實理應會道出自身的本質，但我懷疑它們的表達庸俗了些，程度超過大多數狀況。為求平衡，我們就以永遠新鮮、刺激、備受憎惡之物——作者的正式引言來開場吧。我心中的引言不只比我最瘋狂的夢境還要叨絮且熱切，而且還極為私密。如果它運氣好，而且在方向正確的前提下發表出來，那麼其成效應該可與一次強制性的導覽相提並論。我本人，做為導覽者，將身穿一件老舊的Jantzen連身浴袍，帶著大家穿越引擎房。

我就直說最糟的情況吧。我打算寫的並不真的是短篇小說，而是一種散文式的家庭電影，看過毛片的人都強烈建議我不要進一步醞釀詳細的發行計畫。這異議團體（我在此洩漏他們的身分，我以他們為榮，也為他們頭痛）由三名主要演員組成，兩女一男。我們先談談主要女演員吧，我在此簡要地將她形容成一個慵懶、世故之人，相信她會樂於接受。她認為，如果我能處理一下她擤鼻子數次、一擤就擤了十五到二十分鐘的那場戲，事情原本可能會更順利些——我猜她是要我剪掉吧。

她說看人家不斷擤鼻子很噁心。三人組中的另一名女性是身形苗條、臨屆遲暮之年的俏女傭，她可說是反對我拍下她穿老舊居家便袍的模樣。這兩位美女（她們都暗示過自己這樣的稱呼）都沒有對我全面的剝削性意圖表達強烈反感，原因簡單得可怕，說出來甚至會讓我羞紅臉。經驗告訴她們，我只要一聽到嚴厲指責或苦苦相勸就會噴淚。而男主角，才是以最具說服力的說詞呼籲我取消拍片計畫的人。他認為這影片的情節太仰賴神祕主義或宗教神祕化——他明白表示：不管怎麼說，它就是過度鮮明、顯見的蹩腳超驗元素，還說他擔心這只會時時日日加速，並加深我寫作生涯的頹圮。大家已經在對我搖頭了，如果我又即刻進一步運用「神」這個字在我的寫作上（若只是做為大家熟悉的、內涵健康的美式感嘆語倒無妨），旁人就會認定——或應該說「確定」更為精準吧，確定我要搬出神來狐假虎威，而這同時也是一個確切的徵兆，顯示我正朝我的末路筆直前進。而這評語當然會使任何一個懦弱的普通人暫停下來，對寫作之人更是會奏效。它發揮了作用，但只讓人暫停下來。

因為反對的論點不管再怎麼具備說服力，它也得適用才稱得上好。事實上，我十五歲開始就斷斷續續地在製作散文式家庭電影了。《大亨小傳》（我十二歲時的《湯姆歷險記》）的年輕敘事者表示，每個人都料想自己至少具備一項根本性的美德，而他接著說，他認為自己的美德是誠實。而**我的美德**呢，我認為應該是我分辨得出神祕主義的故事和愛情故事。我說，我現在呈現給大家的作品根本不是神祕主義的故事，也不是宗教神祕化的故事。**我**說，這是一個複合的或多元的愛情故事，純粹而複雜。

我的結語是，這故事的情節設計本身有很大一部分是不光彩的合作生產出來的。接下來讀者會關注到（請緩慢、**冷靜**地關注）的所有事件，幾乎都是這三個角色分期施加到我身上，其間距令人生厭，而且都發生在對我而言私密得令人痛心的時刻。我有理由在此補充，這三個角色都沒有展現過簡潔敘述或略述事件經過的能力，他們在這方面並沒有顯著的才華。這缺點恐怕會被帶進最終版，或者說實際拍攝版的影片中。可惜我無法為這缺點找什麼藉口，但我堅持要做出解釋。我們，我們四個人，是血親，我們說著某種外人難以參透的家族語言。在它發展出的語意幾何學當中，平面上任意兩點的最近距離不是一條直線，而是一個完整的圓。

最後一句話供各位參考：我們姓格拉斯。不久後，格拉斯家族的么子就會開始讀他尚在世的哥哥巴迪．格拉斯寄來的那封長得不得了的信（我可以保證，它會**全文**刊在書上）。據說，那封信的寫作風格與本敘事者的說話風格，或者說寫作手法，簡直用「萬分相像」也不足以形容其雷同，一般讀者無疑會做出輕率的結論：該信作者與我是同一個人。他們肯定會那麼想，恐怕也該那麼想。然而，我們接下來還是會繼續以第三人稱指稱巴迪．格拉斯，至少我想不到捨棄該作法的好理由。

一九五五年十一月的某個週一早晨十點半，二十五歲年輕男子卓依坐在水放得很滿的浴缸中，讀著一封四年前寫好的信。它看起來長得無止境，文字是以打字機打的，綿延了好幾張黃色薄紙，要將它們撐在兩座乾燥的膝蓋小島上是艱難的工作。在他右方，一根看起來溼溼的香菸擺在放肥皂用的琺瑯小凹槽之邊緣，顯然仍是點燃的，因為他時不時就會拿起來抽個一、兩口，這期間視線依舊不離信紙。菸灰不斷直接掉入浴缸水中，或落到信紙上再滑下去。他似乎沒注意到這樣的安排多麼骯髒。不過他好像發現（即使程度很輕）水的熱度開始對他產生脫水效果了。他坐著讀信愈久，或者說重讀信愈久，他就愈常用手腕背面抹自己的額頭和上唇，也愈讓注意力拉回眼前。

就這麼說讓各位早點心安吧。在卓依篇，我們將處理繁複、交疊、分歧、宛如文件檔案的段落，至少有兩段，就該被安插在這裡。首先要提的是，他是個矮小的年輕人，身材非常瘦削。從後面看過去（尤其是看得到脊椎的角度），你很可能會誤認他是某個窮苦都會兒童，每年夏天都被送到接受贊助舉辦的營隊去，在那裡讓人家養胖、曬曬太陽。近看他的整張臉或側臉，你都會覺得他出眾地俊俏，甚至為之讚嘆。他姊姊（這端莊的女孩喜歡大家稱她為塔卡霍家庭主婦）曾要求我將他描述成「在蒙地卡羅賭場輪盤旁死在你懷中的藍眼猶太愛爾蘭混血莫希干童子軍」。有個更普遍且更不狹隘的看法是這樣的，他的面孔僥倖逃過一劫，免於淪為帥氣過頭（還稱不上雍容文雅）的原因在於，他的一邊耳朵比另一邊突出了些許。我自己的看法與以上兩者有很大的出入，我認為卓依的容貌徹頭徹尾是美麗的。基於此，它當然對各種油嘴滑舌、肆無忌憚且通常華而不實的評判無招架之力，就跟任何正統藝術品一樣。我想該說的就只剩下一點：日常性的危害有百百種，當中的任何一種——車禍、頭著涼、早餐前的謊言，都有可能在一天或一秒之內，毀損他豐饒的美，或使之變得粗糲。不過不會減損的部分是存在的，那也是一種永恆的喜悅，如同我先前所堅定暗示的。我指的是他疊印在面容整體之上的，貨真價實的**勃勃生氣**——尤其是眼睛，它經常像小丑面具那般醒目，有時甚至比那更令人失措。

至於卓依的工作，是演員，電視上的要角，已演了三年多。事實上，在非好萊塢或百老匯巨星、尚未聞名全國的年輕演員之中，他屬於業界最「渴求」（而且輾轉傳到家中的流言指出，他的收入也是一等一）的那種。然而這些說法在不深入闡述的情況下，可能都會導致讀者做出輪廓過度清晰的猜測。這也許難以置信，不過卓依是在他七歲那年正式出道。他家原本有七個兄弟姊妹[5]，五男兩女，他年紀第二小。他們出生的時間間距頗為合宜，每個人都曾經在《聰明寶貝》上出聲。那是一個聯播網電台節目，主打兒童猜謎。格拉斯的長子西摩與么女法蘭妮差了快十八歲，這相當有助於格拉斯家在《聰明寶貝》的節目麥克風前保有某種王朝式的一席之地。這些節目只播了十六年多——從一九二七年播到一九四三年，串起查爾斯頓舞年代和B-17轟炸機的年代（我認為這些資料都跟本作有一定的關聯性）。放眼於孩子們各自在節目上的全盛期，在這些歲月與其空檔，我們也許可說（要語帶一點保留，但沒什麼重大的毛病可挑）七個孩子在空中回答那些時而冷僻得要命、時而可愛得要命的（讀者寄來的）海量問題時，都展現出商業電台節目上少見的活力和沉著。大家對孩子們的反應往往熱情，從未溫吞。聽眾大致上分為異常焦躁的兩個陣營：其中一邊認為格拉斯家的小孩是「優越」得令人難以忍受的小混蛋，出生時就該被淹死或用毒氣毒死；另一邊則認為他們是貨真價實的未成年智者兼專家，來自非凡但不值得歆羨的階層。在本文寫作時（一九五七年），有一群《聰明寶貝》的前聽眾還記得七個孩子各自的表現，而且他們記憶的準確度相當驚人。這團體的

---

5 作者注：腳注這種美學禍害在此登場似乎是適切的，很遺憾。格拉斯家的七個小孩在接下來的篇幅當中，只有年紀最小的兩個會直接現身或獻聲。然而較年長的另外五個會以相當頻繁的頻率，偷偷進出故事之中，就像好幾個班柯的鬼魂那樣。那麼，讀者也許會想在一開始便掌握以下事實。在一九五五年，最年長的格拉斯家子嗣西摩已死了將近七年。他與妻子到佛羅里達度假時自殺。如果他在一九五五年還活著，就三十八歲了。排行老二的巴迪用大學概況手冊的用詞來形容，就是上紐約州一所女子短大裡的「駐校作家」，獨自住在無過冬設備、無電力的小屋裡，位在熱門滑雪道所在地的大約四分之一英里外。排行老三的布布已婚，是三個孩子的媽。一九五五年十一月，她和老公以及三個孩子前往歐洲旅行。在布布之後出生的是雙胞胎華特和韋克。華特已經死十年了，他和占領軍在日本碰上詭異的爆炸案，丟了性命。比華特晚十二分鐘出生的韋克是羅馬天主教神父。一九五五年十一月，他人在厄瓜多參加某種耶穌會會士的研討會。

人數逐漸變少，成員彼此卻仍有奇特的同志情誼。他們的共識是，格拉斯家的所有孩子當中，長子西摩在二〇年代末、三〇年代初的表現是「最棒」的，最持續帶給聽眾「回報」。在西摩之後，大家通常把幼子卓依擺在喜好或吸引力排行榜的第二名。既然我們在此對卓依抱持著一種非比尋常的興趣，不妨補上一個情報：身為《聰明寶貝》的前挑戰者，卓依和他的兄弟姊妹之間有個年鑑級的差異（或者說勝過他們的特點）。節目放送期間，七個孩子都斷斷續續地成為兒童心理學家的關注對象，對異常早熟兒童特別感興趣的專業教育工作者也追著他們跑。在這事業（或說勤務）中，格拉斯家的七個小孩就屬卓依受到最多檢視、訪問、刺探，彷彿要將他生吞活剝。他曾跨入臨床醫學、社會、報攤心理學等大為殊異的領域，而就我所知，這眾多經驗都使他付出了昂貴的代價，顯然如此，幾乎無一例外。檢驗他的單位彷彿畫一地充斥著高傳染性的精神創傷，或極為普遍的古老病菌。比方說，在一九四二年（當時正在從軍的兩個最年長的哥哥都從頭反對到尾），他接受了波士頓某研究團體的測試，總共跑了五次（當時他十二歲，搭火車——那十趟火車之旅，也許對他有些吸引力，至少在一開始是如此）。有人猜測，那五項測試的主要目的是為了研究卓依為何早慧、想法為何超齡，希望找出單一原因（如果這真有可能的話）。第五次測試結束後，受試者被送回紐約，帶著一個雕刻紋樣信封，裡頭裝有三、四顆阿司匹靈，因為他不斷在吸鼻子，事後才發現他是得了支氣管肺炎。六個多星期後的晚上十一點三十分，有人從波士頓打了一通長途電話過來，邊講還邊投硬幣到普通的公共電話中。這個陌生的嗓音（他並沒有打算展現出學究式的俏皮，應該吧）告訴格拉斯夫婦：他們的兒子卓依今年十二歲，但英語字彙量和瑪莉·貝克·艾迪不相上下，如果有人刺激他，他就會運用出來。

回到正題吧，一九五五年十一月週一早晨，卓依帶著一封四年前以打字機打的長信向浴缸報到。這四年來，這封信顯然被人私下取出、攤開又摺起了許多次，如今它整體散發出令人倒胃口[6]的感覺，實際上還有好幾處破損，大都落在摺線上。如前所述，信出自巴迪手筆，他是卓依尚在世的兄長中年紀最大的一個。那封信可真的是沒完沒了，過長、過冗、訓斥味濃、不斷跳針、固執、高高在上、讓人尷尬——而且情意滿盈，到了令人生厭的地步。簡單說，它就是收件人會塞在褲子後方口袋裡，隨身攜帶一陣子的那種信。某種專業寫作者喜歡逐字抄寫的那種信：

一九五一年三月十八日

親愛的卓依：

我今天早上才剛解碼完媽寄來的長信，內容扯到你、艾森豪將軍的微笑、《每日新聞》上那些跌進電梯井的小男孩，還問我什麼時候要把紐約的電話弄掉，然後在鄉下這裡裝一支電話，那才真正符合我的需求。她肯定是世界上唯一一個寫信能寫出隱形粗體字的女人，親愛的貝西。我每三個月就會準時收到她的信，聽她談我可憐的老舊私人電話，說每個月為了根本沒人在用的東西付一大筆錢有多蠢。這真是徹頭徹尾的屁話。我只要一進城，必定會坐下來跟我的老友死神亞瑪聊好幾個小時，沒有那條私人電話線，我們就沒得交流了。總之，請告訴她，我並沒有改變心意。我熱愛那部電話機。在貝西的吉布茲[7]中，只有那部電話是屬於我和西摩的私有物。每年在該死的電話簿上看到西摩的名字，也有助於我保持內心平靜，我喜歡信心滿滿地瀏覽G區的感覺。你要當個乖孩子，幫我傳話。不要照本宣科，要好好跟媽講。卓依，在你能力範圍內，你要對貝西好一點。我不認為我會這樣說是因為她是我們的母親，而是因為她累壞了。等你三十幾歲之後也會那樣，每個人到了那年紀都會稍微放慢步調（或許連你也不例外），不過你現在要更努力嘗試才行。阿帕奇舞者走向舞

6 原文為德文，unappetitlich。

7 吉布茲，以色列常見的純猶太人聚落，融合烏托邦主義、共產主義和錫安主義。

伴時會透露出一種溺愛式的殘酷，而你用那樣的殘酷去對待她是不夠好的——順帶一提，你有沒有那樣的念頭，她都會知道。別忘了，她也是靠多愁善感茁壯的人，程度不下列斯。

我的電話問題就別管了吧。貝西現在的信，其實根本是卓依寫的信。我寫信來是為了告訴你，你有大、好、前、程，宏觀一點來說，如果你不在成為演員之前去讀個博士根本等於犯、罪。她沒說她希望你攻讀哪個領域的博士，但我猜她寧願你讀數學也不要讀希臘文，臭書呆子。不管怎麼說，我猜她希望你有個退路，如果你的演員事業基於什麼原因發展不起來，你還能應對。聽起來很健全，實際上可能也是，但我並不想直接這樣對你說。今天剛好是所有家族成員（包括我自己）在我眼中顯得模糊的那種日子，我就像是反著拿望遠鏡看著你們。事實上，今早在信箱前看到信封上的寄件地址時，我絞盡腦汁才想起貝西到底是誰。我有一個充分的理由可以解釋這是怎麼回事。高級寫作24-A

堆了三十八篇短篇小說在我身上，要我淚涔涔地拖回家在週末批改。其中三十七篇都會以害羞孤僻、立志成為作家的荷裔賓州女同志為主角，而第一人稱敘事者會是個色迷迷的農場工人。操著方言。

我想你當然**知道**，這些年來，我一直在遷徙我的文學妓女戶，把它搬到一間又一間大學去，而我現在甚至還沒拿到學士學位。那彷彿是一個世紀前的事了，不過我想我沒拿到學位的原因，起初，有兩個（乖乖坐好聽我說就是了，這是我多年來第一次寫信給你）。一，我在大學裡是個傲慢鬼，只有過去的《聰明寶貝》參賽者兼未來的萬年英語系學生能傲慢成那副模樣。如果我所知的那一大票閱讀能力低劣的文化人士、電台播音員、教育界蠢貨都能拿到學位，那我不要也罷。二，西摩在大多數美國年輕人剛從高中畢業的年紀，就拿到了博士學位。既然我已來不及，無法帥氣地效法他，那我就不要什麼學位了。當然了，我在你現在這年紀就已經有個肯定的想法，那就是沒有人能逼我從事教學。如果我的繆思女神不願眷顧我，那我就找個地方磨鏡片過活，像布克・T・華盛頓那樣。不過不管從哪方面看，我都不認為我有什麼學術方面的憾恨。在特別陰鬱的日子裡，我會對自己說，如果我在我還辦得到的時候拿一堆學位，我也許就不會在這裡教高級寫作24-A這種為大學生開設的絕望課程。但那八成只是鬼扯。專業審美家都面臨著逆境（我猜那高牆可扎實了），而無疑地，黑暗又冗餘的學院之死都是我們應得的，遲早會降臨在我們身上。

我真心認為你的狀況與我不同。總之，我不認為我真的是站在貝西那一邊。如果你想要安全感，或貝西希望你過得有保障，那麼就拿個碩士學位吧，起碼你就有資格在鄉下任何陰鬱男孩的預備學校，或是大多數大學，發放對數表了。再說，不管你去占地多遼闊的校園，你美妙的希臘文都幾乎不會為你帶來幫助，除非你讀到博士，像我們這樣活在官帽、學位帽的世界裡（當然了，你隨時都可以搬到雅典去，陽光普照的**古城**雅典）。但我愈是思考愈是覺得，去他的多拿幾個學位。事實是這樣子的（如果你想聽的話），我不禁想，如果你年紀還小的時候，西摩和我沒有丟《奧義書》、《金剛經》、艾克哈特的著作和我們以前的愛書給你，叫你和其他推薦課外讀物一起看的話，也許你轉眼間就會成為一個精神更為穩定的演員了。照理說，演員應該要身段輕盈地來去。我和西摩還小的時候，曾和約翰·巴里摩共進一頓美好的午餐。他開朗得要命，知識淵博，但沒有受過太正統的教育，沒被教育這只累贅行囊折騰。我提起這個是因為我上週末和一個自命不凡的東方主義者聊天，在對話暫歇，遁入深沉、形而上的境界時，我告訴他我有個弟弟某次失戀，熬過去的方法是將《剃髮奧義書》翻譯成古希臘文（對方聽了喧呼大笑——你知道東方主義者是怎麼笑的）。

真希望上帝能讓我稍微預見你成為演員後的際遇。你是天生的演員，肯定是。就連貝西都知道這點。我確定你和法蘭妮是家族中唯一的俊男美女。但你要在哪個圈子演戲？你思考過嗎？電影嗎？如果是的話，我為你感到萬分憂慮。如果你發胖個一丁點就等於做出了犧牲，就等於跟後進的年輕演員一樣，為可靠的好萊塢混合物做出了貢獻，那些職業拳擊手兼神祕主義者、槍手兼弱勢兒童、牛仔兼人類良知等等的。你會滿足於標準的賣座灑狗血作品嗎？還是說，你夢想的是更寬闊的表現？例如說[8]，飾演特藝彩色製作的《戰爭與和平》中的皮埃爾或安德烈嗎？這作品將會有精采的戰爭場面，略去所有層次細膩的角色性格敘述（基於這些敘述太具小說性質，不適合擺在鏡頭前），大膽地請安娜．馬格納尼飾演娜塔莎（好讓作品顯得別致又誠摯），曼妙的配樂由德米特里．波普金操刀，所有男主角的下顎線條都輪番起伏著，顯示他們承受著極大的情感壓力，世界首映於冬季花園劇院舉辦，四周擺滿聚光燈，由莫洛托夫、米爾頓．伯利和杜威州長介紹入場觀影的名流（我在這裡指的名流當然是老托爾斯泰愛好者——迪克臣議員、莎莎．嘉寶、蓋羅德．豪瑟、喬治．傑西爾、里茨的查爾斯）。聽起來如何？你如果要當劇場演員，你會對那條路抱持任何幻想嗎？你看過真的演得很棒的……比方說，《櫻桃園》嗎？別說你看過，沒人看過。你也許看過「具啟發性的」演出、「還過得去的」演出，但你絕對沒看過任何境界美妙的演出。從來沒有一齣是真正和契訶夫的才華匹配的，台上的所有靈魂並沒有一一去還原每個難以言喻的意涵、文字的癖性。你讓我擔心得要命，卓依。如果我話語的嘹亮沒打擾到你，也請原諒我的悲觀。不過我知道你對事情的要求有多高，你這小混蛋。我曾經在劇院裡坐你隔壁，地獄般的體驗。我看得可清楚了，我看到你向表演藝術需索它並未殘留下來的部分。看在老天分上，你要謹慎點。

我今天確實不太對勁。我腦子裡有一份優秀的月曆，它告訴我西摩自殺至

---

8 此處用德文的 zum Beispiel。

今已滿三年了。我有沒有說過我去佛羅里達帶遺體回來的時候發生了什麼事？我在飛機上哭了整整五個小時，哭成一攤爛泥。我時不時就小心地調整帷幕，不讓走道另一頭的人看到我——我坐的是單人座，謝天謝地。飛機降落的五分鐘前，我注意到我後座有人在講話。是個女人，整個波士頓灣區以及大半座哈佛廣場都濃縮在她的嗓子裡了：「……然後**隔天早上**，聽好嘍，他們從她那年輕可愛的身體裡弄出了一品脫的膿汁。」我只記得這麼一句，不過當我幾分鐘後下了飛機，那個喪夫、穿著一身波道夫．古德曼黑衣的寡婦走向我時，我臉上掛著錯、誤、的、表、情。我在咧嘴笑。而這也正是我今天的感受，無來由的感受。我心中冒出了一個不太靈光的想法，我很篤定在離我很近的地方（也許是外頭那條路再往前走的第一戶人家）——有個好詩人就快死了，而與此同時，有人正在離我很近的地方擠膿，從她年輕可愛的身體裡擠出一品脫可笑的膿。我無法在悲傷與高度喜悅間永遠奔走下去。

上個月，犀特教務長（我提到他的名字時，法蘭妮通常會很激動）帶著他和藹的微笑和趕牛鞭來找我，現在我每個星期五都得向全體教職員、他們的妻子和幾個腦袋好得盛氣凌人的大學生講授禪宗和大乘佛教。我很確定，這功績必將為我在地獄贏得東方哲學教職。重點是，我現在每個星期得去五天大學，不再是四天了，而我在晚上以及週末還有自己的工作要做，所以我幾乎沒有時間進行選擇性的思考。我這是在憂傷地表達，我有機會時會為你和法蘭妮操心，但實際的頻率與我的希望相去甚遠。我真正想說的是，貝西的信跟我今天在菸灰缸海中坐下來寫信給你的原因沒啥關聯。她每個星期都會把你和法蘭妮的重點情報拋給我，而我從來沒什麼反應，這封信也不例外。我決定提筆是因為我今天在這裡的超市碰上了一件事（我沒要另起一段，省了吧）。那時我站在肉品區，等人切羊肋排給我。一個年輕的母親和她的小女兒也在排隊。那女孩大約四歲，為了打發時間，她背靠著玻璃展示櫃，仰頭盯著我沒刮鬍子的臉。我對她說，她是我今天遇到的最漂亮的小女孩。她聽懂了，點點頭。我說我敢打賭她有很多男朋友，她又點了點頭。我問她有幾個男朋友，她伸出兩根手指。「兩個！」我說：「好多個呢。他們叫什麼名字呢？甜心。」她用尖銳的聲音說：「**芭比和桃樂絲**。」我抓起我的羊排拔腿就跑。但這正是驅使我提筆寫信給你的原因——貝西雖然堅持要我寫信給你談博士和演員生涯的事，但那相較之下根本不算什麼。超市的事，還有我在西摩開槍自殺的旅館房間內找到的俳句風的詩句，是以鉛筆寫成的，寫在桌上的記事簿：「機上小女孩／轉動洋娃娃般的頭／望向我這邊。」這兩件事占據我的腦海，使我在開車從超市回家的路上心想，我總算可以寫信告訴你，西摩和我**為何**要那麼早又那麼高壓地插手你和法蘭妮的教育了。我們從來沒把原因說出口，而我認為現在也許就是時機了，我們當中有人得向你們解釋。不過現在我不確定我辦不辦得到了。肉品櫃前的小女孩走了，而飛機上那小娃娃彬彬有禮的臉龐對我來說是模糊的。我往昔對於「當職業作家」所抱持的恐懼，以及往往隨之而來的文字惡臭，就要把我驅離座位了。不過，嘗試似乎極為重要。

我們家人的年齡差距似乎總是無必要又任性地為我們增添難題。西、雙胞胎、布布和我之間的問題不怎麼大，但你、法蘭妮和西、我這兩組人之間就很棘手了。你和法蘭妮識字時，西摩和我都已經是大人了——他甚至已離開大學許久。在那個階段，我們並沒有真的衝動地想把我們喜歡的經典作品塞給你們兩個——總之，我們給你們看的作品，風格異於我們給雙胞胎和布布讀的。我們都知道讓天生的學者處於無知狀態是不可能的，而且我們內心都有一個想法，儘管我們不希望往那方向想：炫學兒童與自以為聰明的學院人長大後成為駐學系康樂室型學者的比例很高，這讓我們緊張，甚至害怕。不過，更、更重要的是，西摩當時已開始相信（就我掌握的重點而言，我也同意他的看法），任何名義的教育若不以追求知識為開端，而是以禪宗所謂的無念為追求對象，那它聞起來仍會一樣芬芳，甚至更為芬芳。鈴木博士曾在某處指出，處於意識純粹的狀態——頓悟狀態，就等於是跟說出「太初有道」前的神共處。西摩和我認為，將這光拿得離你和法蘭妮遠一點（至少盡我們能力可及的遠），也不讓你們碰更為低階、時髦的燈光效果（藝術、科學、經典、語言），應該會是好事，至少要等到你們都掌握到正確的存在狀態再說。在那境界中，你們的心靈會了解所有光的光源為何。我們認為有個行動會是美好而有建設性的：有些人——聖人、羅漢[9]、菩薩、吉凡穆塔[10]，對存在狀態有片面或全面的理解，而我們至少可以把我們對這些人的理解全部傳授給你們。也就是說，我們希望你們在太過了解荷馬或莎士比亞，甚至布雷克或惠特曼，華盛頓與他的櫻桃樹、半島的定義、分析語句的方式之前，甚至完全沒聽說過這些人事物之前，就先讓你們知道耶穌和釋迦牟尼、老子和商羯羅、惠能和拉瑪克里斯納等人是誰、是何方神聖。總之，這就是我們的遠大計畫。除了這些之外，我想我還打算告訴你：我知道你有多痛恨西和我定期在家召開研討會那幾年，知道你尤其討厭我們進行形而上的議論。我只希望有一天（最好是我倆都爛醉如泥的一天），我們可以談談這件事（此時，我只能說，西摩和我在那麼久以前都沒想到你有一天會成為演員。我們應該要想到，這是當然的，但我們沒有。如果我們有，我覺得西肯定會為你的志向做出具建設性的事。世界上一定會有專為演員設計的特殊先修課程，讓他們了解涅槃和東方觀點，而我想西一定會把這種課程找出來）。這段落該結束了，但我還是咕噥個沒完。我接下來寫的事會讓你蹙眉，但我還是非寫不可。我想你也知道，我在西過世後，偶爾會聯絡你和法蘭妮，看你們過得好不好，我是懷著最大的善意在做這件事。你當時十八歲了，我不會太擔心你。儘管我在班上聽過一個小八卦插曲，得知你在大學宿舍

9 羅漢（Arhat），佛教中已得道之修行者。

10 吉凡穆塔（Jivanmukta），活在世俗中的解脫者。

很有名，因為你會發火，坐下來冥想十個小時，這倒是令我陷入深思了。不過法蘭妮當時才**十三歲**。但我實在是動彈不得，不敢回家。我不怕你們淚眼婆娑地在房間另一頭布陣，朝我扔一整套馬克斯．繆勒的《東方聖典》，一本一本丟（這八成會使我沉浸於被虐狂式的陶醉之中）。但我**非常**害怕你們可能會向我提出的問題（比指控還令我害怕）。我清楚記得，葬禮的整整一年後，我才又再次踏入紐約。一年後，要我進城慶祝誰的生日、過過節就容易多了，我有理由相信大家拋給我的問題會變成「你的下一本書什麼時候寫好」、「你最近有沒有滑雪」等等。過去幾年，你們甚至還上來我這過了好幾個週末，雖然我們聊啊、聊啊、聊個沒完，但我們都一致避提那事。今天是我第一次真的想提起。我愈是深陷在這該死的信中，我就愈沒勇氣堅持我的信念。但我要向你發誓，今天下午我見證了完全可傳達給他者的微縮版真理（在羊排區），就在女孩說話的那一瞬間。她說她男朋友的名字是芭比和桃樂絲。西摩有次曾對我說

（什麼地方不挑，偏偏在市區巴士上），所有合理宗教研究必然會導向捨棄差異，捨棄男孩與女孩、動物與石頭、白天與夜晚、熱與冷這種虛幻的差異。這句話突然在肉品櫃前打中我，我非得以時速七十英里飆回家中寫信給你才行，這彷彿攸關生死。喔，上帝啊，真希望我當初在超市抓起一根鉛筆就寫，就不用指望回家的道路。不過或許那也一樣好。有時候我會認為，你比我們任何人都還要徹底地原諒了西。韋克曾針對這件事發表一番見解，我覺得很有趣——事實上，以下字句都只是我的鸚鵡學舌。他說你是唯一一個對西的自殺感到不滿、卻也是唯一一個真正原諒他的人。他還說除了你之外，我們其他人，外在看起來並不為之所苦，內在其實無法饒恕這件事。他說的實在中肯到家了。我怎麼知道？我唯一確定的是我當時想跟你說件真正令人興奮開心的事——用一張紙的單面、兩倍行高就可以寫完——而我知道等我到家時，那些言語老早消失得差不多，或已經徹底煙消雲散，我只好隨意寫寫，對你說說教，談些念博士或演員生活之類的事。多麼混亂又多麼可笑！這些恐怕都是西摩聽了會一笑置之，告訴我及我們所有人不必擔心的事。

好了。卓克瑞．馬丁．格拉斯，無論何時何地，如果你想要，就好好演戲吧！既然你認為必須如此。但記得，請**全力以赴**。如果你在舞台上交出好成果，或者沒沒無聞卻能創造喜悅，或者做出遠遠超越所謂戲劇獨創性的東西，西和我一定會穿戴著祖來的燕尾服和鑲有水鑽的帽子，捧著金魚草花束莊嚴地現身舞台邊。總之，請任意依賴我也許不值一提的感情和支持，無論距離多遠。

巴迪

一如往常，我對全知觀點眉來眼去的程度很荒謬，但所有人之中，就屬你最該尊重那部分的我，僅僅是散發出機智的我。好幾年前，在我剛開始夢想成為作家的那陣子，我曾經大聲念出一篇新作給西和布布聽。我念完後，布布冷冷地說（但望向西摩）：那小說「太油嘴滑舌」了。西搖搖頭，衝著我燦笑，說油腔滑調是我永恆的苦難，我的義肢木腿，最不可能引起眾人關注的品味。同為瘸腿人，卓依老弟，讓我們以謙恭與和善相待吧。

獻上我深深的愛，巴

老舊信紙當中，最後、最下面的一頁沾染了變質的深葡萄酒紅色皮革似的顏色，摺線上破了兩個洞。卓依讀完信，還算小心地將信紙重新排好順序，在乾燥的膝蓋上磕一磕，對齊紙張。他皺眉，接著變臉比翻書還快地，將信塞回信封中，動作極像是在塞一堆細刨下的木屑，彷彿（天啊）這是他這輩子最後一次讀這封信。他將信封放在浴缸邊，開始玩一個小遊戲。他用一根手指前前後後敲著鼓脹信封的邊緣，顯然是想讓它不斷運動，但又不至於落入水中。整整五分鐘後，他誤敲了信封一下，不得不迅速伸手抓住它。遊戲結束。他舉著重回手中的信封，坐得更低、更深，讓膝蓋沒入水中。他心不在焉地盯著浴缸盡頭的磁磚牆一、兩分鐘，然後瞄向肥皂槽那裡的菸，拿起它，試抽了幾口，但它已經熄了。他再度坐挺，動作突兀，攪得浴缸水嘩啦啦響，他乾燥的左手伸向浴缸外側下緣。一份打字機打成的稿子正面朝上放在浴室腳踏墊上。他拿起它，某種意義上算是帶到了浴缸內。他盯著它看了一會兒，接著將那四年前的信塞到中間，釘書針固定的力道最強的區塊。他將稿子放在如今已溼掉的膝蓋上，距離水面一英寸左右，然後開始翻看它。翻到第九頁時，他像對待雜誌那樣摺起稿子，開始閱讀或細究。

「瑞克」這個角色下面畫了好幾條線，用的是筆芯較軟的鉛筆。

蒂娜（**愁眉苦臉**）：喔，親愛的，親愛的，親愛的。我對你來說不夠好，對吧？

瑞克：別那樣說，永遠都別再說了，聽到了嗎？

蒂娜：我沒說錯。我為你帶來厄運，可怕的厄運。要不是因為我，史考特．金凱德幾百年前就把你派到布宜諾斯艾利斯辦公室去了。我毀了那個安排。（**走向窗邊**）我是吃不到葡萄就嫌它酸的小狐狸。我感覺好像置身在一齣盤根錯節的劇碼中。好笑的是，我這人一點也不複雜，我什麼也不是。我只是我。（**轉身**）喔，瑞克，瑞克，我好害怕。我們是怎麼了？我好像再也找不到**我們**了。我伸手，再伸手，但就是碰不著我們。我好害怕，我是個受驚的小女孩。（**望向窗外**）**我**好恨這雨。有時候我會看見自己死在雨中的模樣。

瑞克（**平靜地**）：我的寶貝，那不是《戰地春夢》的台詞嗎？

蒂娜（**轉身，怒氣洶洶**）：滾出去！滾出去，不然我就跳出窗外。你聽到了嗎？

瑞克（**抓住她**）：妳現在給我聽好了，妳這美麗的小傻瓜。妳這可愛、幼稚、自以為在演哪齣戲的——

卓依的閱讀被他母親打斷了——那糾纏不清、彷彿挾帶著助益的嗓音從浴室門外呼喚他。「卓依？你還在泡嗎？」

「**是**，我還在泡。怎麼啦？」

「我想進去一下下，我有東西要給你。」

「媽，我在泡澡啊，我的老天。」

「我只會進去一**下下**啊，看在老天的分上。拉上浴簾。」

卓依看了他原本在讀的那頁最後一眼，然後闔上稿子，扔到浴缸旁的地上。「耶穌在上。」他說：「有時候我會看見自己死在雨中的模樣。」浴缸尾端縮著一張尼龍浴簾，緋紅色底，搭配金絲雀黃的降號、升號、譜號，透過塑膠環串在他頭頂的鉻色桿子上。卓依伸手一握，猛力一拉，遮住整個浴缸，隔絕自己的身影。「好了。**天啊**。要進來就進來吧。」他說。他的聲音沒有知名演員的矯揉造作，不過有點太宏亮了。如果他不想刻意控制，那他的聲音便會無可避免地「帶有」如此特性。許多年前他參加《聰明寶貝》時，旁人反覆建議他離麥克風遠一點說話。

門開了，格拉斯太太側身走入浴室。她體型中等，戴著髮網。原本就屬於任何情況下都很難看出年紀的人，戴上髮網後更是無從判斷。她進入房間時往往不只有形影顯現，話語也會跟著進來。「我不知道你怎麼有辦法泡澡泡那麼久。」她立刻關上門，儼然戰士一般；她多年來一直在對抗泡澡後的寒風，不讓它侵襲自己的子嗣。「這甚至不健康。」她說：「你知道你泡了多久嗎？整整四十五——」

「別告訴我！反正別告訴我，貝西。」

「別**告訴你**是什麼意思？」

「就是我說的意思。我原本以為妳沒在門外算我泡了多久，就讓我保有這該死的幻覺——」

「沒人在算你泡了**幾分鐘**，年輕人。」格拉斯太太說。她已經開始在忙了。她帶了一個長橢圓形小包裹進入浴室，白色包裝紙上綁了金色金屬絲。包裹內容物感覺跟「希望」鑽石或澆水用的水管接頭差不多大。格拉斯太太瞇眼看著它，用手指去挑動金屬絲。結還是打不開，於是她用牙齒去咬。

她穿著平常穿的居家服——她兒子巴迪（他是個作家，因此**非善類**，這話可是卡夫卡說的）稱之為預告死亡制服。她的穿搭以一件古色古香的午夜藍日本和服為重點。她整個白天總是會罩著它在公寓裡活動。它有許多神祕的打褶，因此也成了老菸槍兼業餘雜工收納傢伙的容器；屁股上加縫了兩個大尺寸口袋，裡頭通常裝著兩、三包菸，好幾包火柴，一根螺絲起子，一根拔釘錘，她兒子以前用的童軍刀，一、兩個琺瑯材質的水管承口，還有形形色色的螺絲、釘子、鉸鏈、軸承組件——每樣東西都使得格拉斯太太在她偌大的公寓中移動時，動不動就發出叮叮噹噹的聲響。這十年或甚至十多年來，她的兩個女兒都一直密謀要丟掉那件陳舊的和服，但事有未果（她已出嫁的女兒布布曾暗示性地說，他們可能得用鈍器給那衣服致命一擊，才能把它送進垃圾桶）。家居期間[11]的格拉斯太太已在某類觀看者心中留下強烈的印象，因此不管那浴衣的設計原本多具東方風情，它都無法減損那印象一絲一毫。格拉斯家住在紐約東七十街那帶，公寓老舊，但分類上無法歸入不時髦，裡頭較年長的女性住戶穿真皮大衣的比例可能達三分之二，而且她們在平日晴朗早晨離開公寓的半小時左右後，不意外地，你至少會在羅德與泰勒百貨公司或薩克斯或邦威特特勒百貨發現她們的蹤跡，目睹她們走入或走出電梯。在這個曼哈頓味格外濃厚的區域，（若採取一個淘氣至極的角度去看）格拉斯太太是一個相當令人耳目一新的眼中釘。首先，她看起來像是完完全全沒有離開過公寓一步。**就算**她會跨出

11　原文用法文，Chez elle，意指「在家」。

去，她也只會披一條暗色的披巾，往奧康奈爾街的方向前進，去指認她其中一個愛爾蘭、猶太混血兒子的遺體。他因為某種文書作業疏失，剛遭到黑棕部隊射殺。

卓依突然疑心重重地開口了，「媽？妳到底在外面做什麼啊？」

格拉斯太太已打開了包裹，現在正站著研究一盒牙膏背面的精緻圖樣。「行行好，閉上嘴就是了。」她相當心不在焉地說。她走向放藥的櫃子，洗手台上方靠牆那個。她打開鏡面門，用熱切的藥櫃園丁視線（或者說幹練的一瞥）審視了一下擁擠的架子。在她眼前的，就是所謂的珍貴藥品，過度茂密地擺了好幾排，外加一些理論上較不天然的玩意兒。這櫃子內有碘酒、紅藥水、維他命膠囊、牙線、阿司匹靈、安納辛、百服寧、阿吉洛耳、芥子膏、通爽腸、鎂乳、肝病瀉鹽、阿司匹靈口香糖、兩把吉列刮鬍刀、一把舒適牌噴射刀片刮鬍刀、兩條刮鬍膏、一張變形而且有點破損的快照（拍的是一隻黑白貓睡在門廊扶手上）、三把單排梳、兩把大梳子、一瓶野根髮乳、一瓶費奇去屑洗髮精、一小盒沒標籤的甘油栓劑、維克斯鼻用噴劑、維克斯薄荷膏、六塊橄欖肥皂、三張一九四六年音樂劇喜劇（《稱呼我先生》）的票根、一條除毛膏、一盒面紙、兩枚貝殼、各種有使用痕跡的指甲銼刀、兩罐卸妝乳霜、三把剪刀、一把指甲剪、一顆澄澈的藍色彈珠（彈珠玩家所謂的「純珠」，至少二〇年代是這麼說的）、收縮毛孔用的乳霜、一把鑷子、女孩或女人戴的金錶的錶殼（不含錶帶）、一盒小蘇打粉、女子寄宿學校的班戒，上頭有缺角的縞瑪瑙、一瓶「停之」除臭劑——此外還有很多很多，無論你感到不可思議與否。格拉斯太太輕快地伸手取出最底層的一件東西，丟進垃圾桶，砰，小小悶響隨之而來。「我幫你放了新牙膏在這裡頭，大家都說好用。」她沒轉身，直接宣布，實現了她的諾言。「我要你別再用那怪粉了，會害你牙齒上的美妙琺瑯質全掉光的。你的牙齒很漂亮，至少你可以好好地用——」

「誰說的？」浴簾後方傳來他激起的水花聲。「誰說那會害我牙齒上的美妙琺瑯質全掉光？」

「我說的。」格拉斯太太吹毛求疵地看了她的花園最後一眼。「請你用它就是了。」她伸長的手指如抹刀般推了一盒沒開的肝病瀉鹽，讓它跟同一排常綠植物對齊，然後關上櫃子門。她轉開冷水的水龍頭。「真想知道誰洗完手沒清理洗手台。」她嚴厲地說：「這家裡的人應該都是成人了吧。」她將水放得更大一些，單手接水，迅速但全面地將洗手台淋乾淨。「我想你還沒跟你妹聊過吧。」她說，並轉身看著浴簾。

「對，我還沒找我妹聊過。請妳現在滾出去可以嗎？」

「為什麼還沒？」格拉斯太太質問：「我覺得那樣不太好，卓依。我覺得那樣一點也不好。我特別拜託你去看看——」

「首先呢，貝西，我大約一個小時前才剛起床。第二，我昨晚跟她談了整整兩個小時，我認為她今天根本不會想跟我們之中任何一方進行該死的對話。第三，妳要是再不離開浴室，我就要放火燒了這醜得要命的浴簾。我說到做到，貝西。」

卓依舉出三點，但格拉斯太太不知何時開始就放棄聆聽，坐了下來。「有時我真想殺了巴迪，誰叫他就是不裝電話。」她說：「那實在太**沒必要**了。一個大人怎麼會那樣**過活**——沒**電話**，**什麼**都沒有耶？也許他**想要**保有隱私，但沒人會侵犯他的**隱私**呀。我認為活得像個**隱士**是絕對沒必要的。」她不耐地扭動身體，蹺起腿。「那樣甚至不安全啊，老天！他要是跌斷腿怎麼辦？要是在鳥不生蛋的**樹林**裡怎麼辦？我成天都在擔心這個。」

「擔心是吧？妳比較擔心什麼？他摔斷腿？還是你想要他打電話時他不打？」

「我**都**擔心，年輕人，這就是我的想法。」

「呃……不要吧。不要浪費妳的時間。妳太傻了，貝西。妳怎麼會這麼傻？老天，妳知道巴迪是什麼樣的人。就算他深入樹林二十**英里**，雙腿都斷了，背上還插著一根該死的**箭**，他還是會爬回自己的巢穴裡，確認他不在的期間有沒有人溜進來偷用他的鞋套。」簾子後方傳來大笑，短促、愉悅，但似乎帶著點殘忍。「聽我說的準沒錯，他太在意自己的隱私了，在意到不可能死在哪座樹林裡。」

「沒人扯到**死**。」格拉斯太太說，她無謂地微調了髮網的位置。「我一**整個**早上試圖打電話給住他那條路上的人，而他們甚至不接電話。聯絡不上他實在太令人**火**大了。我都**求**他多少次了，他就是不肯拿掉他和西摩那個舊房間裡該死的電話。這根本**不**正常。等到真的發**生**了什麼事，而他**需要**電話的時候……太令人火大了。我昨晚試了兩次，然後四次在——」

「妳說讓妳『火大』到底是怎樣？妳先告訴我，為什麼住同一條路上的陌生人該任由我們差遣？」

「沒人扯到什麼差**遣**去，卓依。別那麼失禮，拜託。你要知道，我**非常**擔心那孩子。**而且**我認為巴迪應該要對這整件事知情。你要知道，我如果不每隔這麼一段時間聯絡他一下，我想他不會原諒我的。」

「那好吧！那妳何不打電話給他同事，別去煩他鄰居？他在白天的這個時間不會窩在家裡——妳也知道。」

「行行好，說話小聲點就是了，年輕人。這裡沒人耳聾。你要知道，我打過電話給他同事，經驗告訴我，那肯定一點幫助也沒有。他們只會留紙條在他桌上，而我認為他根本不會**靠近**自己的辦公室半步。」格拉斯太太沒起身，突然探出身子，伸手拿起洗衣籃頂端的某物。「你那邊有臉巾嗎？」她問。

「是『面巾』，不是『臉巾』。貝西，我他媽的只有一個需求，就是讓我一個人待在浴室裡。就是這麼單純。如果我希望這裡頭塞滿剛好從我眼下經過的碩大愛爾蘭玫瑰，我會事先告訴妳。好啦，現在給我出去。」

「卓依，」格拉斯太太耐心十足地說：「我**手上**拿著一條乾淨的臉巾，你要還是不要用啊？你說要或是不要就好，拜託。」

「喔，我的天啊！要，要，**要**，我現在在世界上最需要的就是它。丟過來。」

「我不會**丟**過去的，我會遞給你。這個家裡的人總是在扔東西。」格拉斯太太起身，往浴簾走了三步，等一隻隱形的手接下面巾。

「萬分感謝，拜託妳現在就閃人吧。我已經瘦十磅了。」

「有啥奇怪的！你一直泡在浴缸裡，泡到臉色都發青了，然後你——這是啥啊？」格拉斯太太興致勃勃地彎腰拿起稿子，就是她進浴室前卓依一直在讀的那份。「這是勒沙吉先生寄來的新稿子嗎？」她問：「擺在地上？」她沒收到回應。這場面就像是夏娃在問該隱，擱在雨中的那件東西難道不是他心愛的新鋤頭嗎？「我不得不說，這真是放稿子的好地方呢。」她將稿子拿到窗邊，小心翼翼地放到暖氣爐上。她低頭看著它，似乎在檢查它是否溼掉了。窗戶的百葉窗放了下來（卓伊在浴缸裡閱讀靠的是頭上燈座內的三顆燈泡），不過一絲晨光還是從其下緣緩緩鑽了進來，落到稿子上。格拉斯太太歪了歪頭，讓自己更容易閱讀標題，同時從和服口袋裡拿出大號菸盒。「那顆心是秋天的漫遊者。」她大聲念出，若有所思，「不太尋常的劇名。」

來自浴簾後方的回應慢了一小拍，但充滿愉悅，「妳說什麼？什麼樣的劇名？」

格拉斯太太已起了戒心。她後退，重新坐好，手中拿著一根點著的菸。「我剛剛說**不太尋常**，我並沒有說**很美**之類的，所以——」

「哎，神啊。不在大清早起來的話，就沒辦法讓妳對任何別致的事物買單呢，貝西女孩。妳想知道妳的心是什麼嗎？貝西，**妳的心**，是秋天的車庫。取這標題讓大家琅琅上口如何呢？嗯？老天啊，有許多人——許多**消息不靈通的**人以為西摩和巴迪是這個家裡唯一的臭文人。當我**思考**時，當我坐下來一分鐘，想到那些敏感的散文和車庫的時候，我就會扔掉我每天的——」

「好好好，年輕人。」格拉斯太太說。她對電視劇劇名的品味如何、整體美學涵養如何都無所謂，總之她的眼中閃過了一絲（時間不長過一閃，但就是一閃）鑑賞者的享受，故意唱反調式的；對象是她年輕、英俊過人的么子的霸凌手法。在一眨眼的瞬間，它取代了她全方面的心神耗弱與性質特殊而顯見的憂心忡忡，取代了她進入浴室後一直寫在臉上的這兩種情緒。然而，她幾乎立刻就退回了防衛的立場，「那標題是怎麼回事？它**真的**很不尋常。你！你從來不認為世上有什麼不尋常或美麗的事物，我從來沒聽你說——」

「**什麼**？妳說**誰**？我到底說過什麼東西不美？」浴簾後方傳來情緒高漲些許的嗓音，彷彿一隻遲到已久的海豚突然冒了出來。「聽好了，我不介意妳針對我的種族、信念、宗教說三道四，肥貝西，但妳不許說我對美不敏感。那是我的阿基里斯腱，妳別忘了這點。對我來說，**所有**事物都是美麗的。讓我看一片粉紅色的夕陽，我就瘋了，上帝啊。**什麼**都行。《彼得潘》。《彼得潘》的布幕升起前，我就哭出一個淚潭了。而妳竟然有膽子說我——」

「喔，閉嘴。」格拉斯太太心不在焉地說。她大嘆一口氣，板著臉吸了一大口菸，用鼻子呼出，然後說（吐出一串話可能更為精準）：「喔，真**希望**我知道該如何應對那個孩子！」她深呼吸，「我已經束手無策了。」她的視線如X光般投向浴簾，「根本沒有人能幫你，完全沒有！你爸甚至不喜歡這樣談事情，你清楚得很！他也很擔心你，當然了——我看他的臉就知道了，但他就是不肯面對任何事情。」格拉斯太太的嘴唇繃緊了。「我認識他以來，他都不曾面對過什麼。他認為只要轉開收音機聽那些小蠢貨唱歌，所有古怪或不愉快的事都會自己消失。」

被浴簾隔絕起來的卓依發出咆哮似的一聲大笑，那只跟他的爆笑有微妙不同，但差異確實存在。

「嗯，他真的是那樣啊！」格拉斯太太不苟言笑地說，並往前坐。「你想聽我真正的想法嗎？」她逼問他，「你想嗎？」

「貝西，行行好吧，反正妳就是會說給我聽，又何必——」

「我真心認為——我現在不是在開玩笑，我真心認為他一直都抱持著希望，一直想再次聽到你們這些孩子的聲音從收音機傳出來。我現在是認真的。」格拉斯太太又深吸了一口氣。「每次你爸打開收音機，我都真心認為他是想轉到《聰明寶貝》，聽你們這些孩子再次一**個接一個**回答問題。」她無意識地抿嘴、停頓，好做出強調。「我是指你們每一個人，」她說，身體突然打直了些許，「包括西摩和華特。」她動作輕快地吸了一大口菸，「他徹底活在過往的時光，徹頭徹尾。他幾乎不**看**電視，除非**你**出現在上頭。別笑，卓依，這不好笑。」

「誰在笑啊？老天。」

「嗯，我說得千真萬確。他絕對不知道法蘭妮出了什麼大亂子，完全沒概念！昨晚十一點的新聞播完後，你知道他問我什麼嗎？他問我覺得法蘭妮會不會想吃**橘子**！你如果一聲不吭，那孩子就會躺在那邊一小時、一小時地哭，哭到眼睛都要掉出來了，還喃喃自語，天知道她在說**啥**。而你爸還想知道她對橘子會不會感興趣。我差點沒殺了他。下一次他——」格拉斯太太打住，瞪著浴簾質問，「有什麼好笑的？」

「沒沒沒，沒啥。我喜歡橘子。好啦，沒人在幫妳嗎？我。列斯。巴迪。有誰沒在幫妳嗎？向我傾訴內心想法吧，貝西。別壓抑了。壓抑就是我們這家人的問題所在——我們太隱藏自己的感情了。」

「喔，年輕人，你還真是笑話冠軍啊。」格拉斯太太說，並花時間將一小撮漏網的頭髮塞回髮網的鬆緊帶下方。「喔，我**真希望**能跟巴迪講個幾分鐘見鬼的電話，只有他應該**明白**這一切怪事是什麼道理。」她沉思了一會兒，散發出顯見的恨意。「禍不單行唷。」她將菸灰磕到自己聚攏成杯狀的左手上。「布布要到**十號**才會回來。我知道該怎麼**聯絡**韋克，但我**不敢**告訴他。我這輩子從沒見識過這種家庭，我說真的。你們都應該很**聰明**才對，你們這些孩子，但在緊要關頭沒人能幫我一把。一個都沒有，我只是有點受夠——」

「**什麼**關頭啊，老天？什麼緊要關頭？妳想要我們做什麼，貝西？走進房間幫法蘭妮過她的人生？」

「別再那樣說話了！沒人要你們幫她過她的人生，我只是希望有人可以走進客廳，搞清楚整個狀況——那就是我要的。我想知道那孩子什麼時候要回大學，修完她那學年的課。我想知道她什麼時候才打算把稍微有營養的食物吃進肚子裡。她在星期六晚上回家後就什麼也沒吃了——什麼也沒吃！我……不到半小時前，我試著端了一碗雞湯去給她，她只喝了兩口，就這樣。我昨天要她吃的所有東西，她都吐掉了，不誇張。」格拉斯太太停頓了一下。就某個角度而言，那是長到她足以重新裝填彈藥的一段時間。「她說晚點也許可以吃個起司漢堡。這起司漢堡是怎麼回事？在我看來，她這學期肯定是靠起司漢堡和可樂在過活。這年頭讀大學的年輕女孩都吃那種東西嗎？我敢確定一件事，我絕對不會餵一個年輕女孩、一個虛弱成那樣的孩子吃根本不——」

「這就對了！喝雞湯，不然就啥都別喝。就是該這麼堅守立場。如果她決定要精神崩潰，至少別讓她崩潰得那麼如意。」

「年輕人，講話別那麼失禮──喔，你的嘴巴實在是！你要知道，我的確認為那孩子吃下肚的食物也許跟這整件怪事有強烈的關係，這不無可能。她年紀還小的時候，我甚至得逼她吃蔬菜或任何對她身體好的東西。人不能無止境地傷害自己的身體，年復一年下去──不管你看法如何。」

「妳說得對極了，對極了。妳直探該死的議題核心，氣勢懾人。我全身都冒出雞皮疙瘩了……我對天發誓，妳真的給了我啟發。妳激勵了我，貝西。妳知道妳做了什麼嗎？妳知道自己剛剛辦到了什麼嗎？妳採用了一個新鮮的、嶄新的、聖經式的觀點去看待這該死的狀況。我在大學裡寫了四篇報告談釘十字架刑──不，是五篇才對，每篇都把我逼到半瘋，因為我認為自己錯失了什麼。現在我知道那是什麼了，我看清了一切。我改用完全不同的視角看待基督了。他不健康地空想，他對那些好心、理性、保守、乖乖繳稅的法利賽人採取的粗魯行徑。喔，這太令我興奮了！貝西，妳透過簡單、直截了當又偏執的方式道出了整部《新約聖經》隱而未顯的基調，不適當的飲食。基督靠起司漢堡和可樂活命。就我們所知，他八成餵——」

「別再那樣說話了。」格拉斯太太插嘴，嗓音沉靜但充滿危險性。「喔，我真想塞塊尿布到你的嘴裡！」

「呃，哎唷喂，我只是想維持一段禮貌性的廁所談話。」

「你真好笑。喔，你真好笑！說來也巧，年輕人，我並沒有用看待主的角度去看待你妹，兩者並不相同。我也許很古怪，但事情不是剛好像你想的那樣。我不認為主和一個憔悴、累壞、讀太多宗教書籍的大學女孩有什麼好比對的！你了解你妹的程度絕對跟我相同——或者說應該要跟我相同。她心思敏感，而且一直都是這樣，你清楚得很！」

浴室短暫陷入異樣的沉默。

「媽，妳還坐在那嗎？我總覺得妳坐在外頭，一次點著五根菸，可怕極了。妳真的那樣做了嗎？」他等待著，然而格拉斯太太並沒有回答。「我不想要妳坐在那裡，貝西。我想要離開這該死的浴缸了……貝西？妳有沒有聽到我說話？」

「聽到了，聽到了。」格拉斯太太說，新一波憂慮淹過她的面孔。她不安地打直腰桿。「她還把布隆伯格那隻瘋貓帶到沙發上一起睡。」她說：「那根本就不健康。」她嘆了一大口氣。過去幾分鐘以來，她手指併攏的左手一直捧著菸灰，如今她伸出手，不怎麼需要起身就把菸灰倒進垃圾桶了。「我不知道該怎麼辦。」她宣告，「我就是不知道，這就是問題所在。這個家真的被搞得天翻地覆。油漆工快漆完她房間了，午餐過後他們就會想要立刻進客廳。我不知道該叫醒她還是怎樣。她幾乎沒睡。我快發瘋了。你知道我上一次有空請油漆工來這公寓是多久以前的事了嗎？將近二——」

「油漆工！啊！我想到了，我把那些油漆工都忘得一乾二淨了。聽著，妳何不請他們進來呢？這空間很夠。我泡澡時竟然忘了邀他們進來，他們會覺得我這屋主——」

「閉嘴一分鐘，年輕人。我在思考。」

彷彿聽從指示似的，卓依突然用起了那條面巾。浴室裡一度只有它發出的微弱咻咻聲。格拉斯太太坐在浴簾的八到十英尺外，盯著磁磚地板另一頭，沿浴缸擺放的藍色踏墊。她的菸已燒到剩下最後半英寸，她以右手的兩根手指末端夾著。該死的文學人會對她抱持一個強烈（且仍經得起考驗）的第一印象，那就是她的肩膀上彷彿披著隱形的都柏林人披巾，而她拿菸的方式往往會更加膨脹此印象。她的手指不僅格外修長、線條優美（那就像是，一般而言，你不會預期在體型中等的女人身上看到的手指），而且，還可說是有個特色，那就是帶著貴氣的顫抖；遭罷黜的巴爾幹皇后或退休的大紅人交際花可能會有的那種優雅顫抖。與都柏林黑色披巾這母題相互矛盾的還不只顫抖。貝西·格拉斯的雙腿也令人挑眉詫異，用任何判準來看，它們都是很秀麗的。它們屬於一度聲名遠播的美麗名人、雜耍劇演員、舞者、極度輕盈的舞者。如今它們蹺成二郎腿，而她盯著那塊腳踏墊看。左腳跨在右腳上，一隻嚴重磨損的白色毛巾布拖鞋看起來隨時會從伸長的那條腿上掉下來。那腳小得不得了，腳踝依舊纖瘦，而最值得注意的可能是那雙小腿依舊結實，肌肉顯然不曾發達到虯結的地步。

突然間，格拉斯太太呼出比平常更加深沉的嘆息（簡直像是她生命力的一小部分）。她起身，將菸帶到洗手台，以冷水沖洗，然後將菸蒂丟進垃圾桶，再度坐下。她對自己施加的內省魔咒仍未破除，彷彿不曾離開位置。

「我準備在三秒內出去，貝西！我鄭重警告妳了。別耗盡我的好客之心啊，兄弟。」

格拉斯太太又回頭盯著那塊藍色腳踏墊了，她聽到那「鄭重警告」後，心不在焉地點點頭。在這一瞬間，有件事值得一提：如果卓依此刻看到她的臉，尤其是她的眼睛，他或許會感受到一股強烈衝動（不論短暫與否），想收回、重述、宛轉他和她對話過程中屬於他的大部分發言——調整得和緩一點、柔軟一點。另一方面，他也可能不會有那樣的想法。在一九五五年，針對格拉斯太太的表情，尤其是針對那碩大的藍眼珠做出全面合理的解讀，是一種草率的行動。然而在過去，不過幾年前，單是她的眼珠就能宣告噩耗（不論對象是人或是腳踏墊），就能表明她死了兩個兒子，一個自殺（她最愛、心思最錯綜複雜、最善良的兒子），一個死於二次世界大戰（她唯一一個無憂無慮的兒子）；當時，貝西·格拉斯單靠她的眼珠子就能報導這些事實，流利且似乎熱情地著墨於各種細節，令她丈夫與尚在世的成年孩子們都無法直視，更不用說接收。如今，一九五五年，她往往還是會用同樣可怕的凱爾特武器來宣告噩耗，地點通常在大門口，而她捎來的消息是新來的派送小弟沒及時將晚餐要吃的羊腿送達，或某個遙遠的好萊塢小明星婚姻觸礁了。

她突然新點了一根大號的菸，吸一口，起身，呼出煙。「我馬上回來。」她說。這陳述聽起來像個諾言，光明磊落。「出來的時候記得用那塊腳踏墊。」她補了一句：「擺在那裡就是要給人用的。」她離開浴室，牢牢關上門。

那場面簡直像這樣：瑪莉皇后號在某個臨時性的溼船塢內停泊數天，比方說瓦爾登湖好了，它突然又任性地駛了出去，就跟它駛進來時一樣。浴簾後方的卓依閉上眼睛數秒，彷彿自己的小船也在瑪莉皇后號的餘波中岌岌可危地傾斜著。接著他拉開浴簾，瞪著關上的門。那視線沉甸甸的，當中沒多少寬慰。同樣要緊且沒表面上那麼自相矛盾的是：那瞪視來自一個注重隱私者，他的隱私一度被侵犯，但並不贊許入侵者起身就走人。一、二、三，就**那樣**消失了。

不到五分鐘，卓依赤腳站到洗手台前，溼頭髮經過梳理，下半身套著一條沒繫皮帶的深灰色鯊魚皮長褲，赤裸的肩膀上披著一條面巾。他執行了一項刮鬍前的儀式：百葉窗半拉起；浴室門微微敞開，讓熱氣散出去，鏡面變得清晰；點根菸，吸幾口，放到藥品櫃鏡子下方凝結水氣的玻璃壁架上，伸手就能輕鬆拿到的位置。此刻，卓依才剛將刮鬍膏擠到刮鬍刷上，他沒蓋上蓋子，直接將軟管放到後方琺瑯平面的深處、某個不礙事的地方。他的手掌按住藥品櫃的鏡面，嘎吱嘎吱地來回擦，抹掉大部分的水氣。接著開始刮鬍子。他抹泡泡的技術超凡，不過精神上跟他實際擁有的刮鬍技能無異。這話的意思是，儘管他抹泡泡時會看著鏡子，但他並不會注意刷子的動作，反而直視自己的眼睛，彷彿他的眼睛是中立領土。早在七、八歲時，他便暗自展開了一場戰爭，對抗著自己的自戀，而他鏡中的雙眼就像是戰場上的無主之地。如今他二十五歲了，這策略性的舉動可能早就成了反射動作，就像棒球老鳥站在本壘板上總是會用球棒點一下自己的釘鞋，無論這動作有沒有必要。話說如此，幾分鐘前，他梳頭髮時只從鏡子那裡接受最小限度的助力。在那之前，他在一面全身鏡前擦乾身體，幾乎沒瞄它一眼。

他剛抹完刮鬍泡時，母親突然出現在鏡中。她站在門口，就在他身後的幾英尺處，一隻手握著門把——一副準備再度進入浴室卻假裝猶豫的樣子。

「啊！真是親切又令人愉快的驚喜啊！」卓依對著鏡子說：「進來啊，進來啊！」他大笑，或該說狂笑著，打開藥品櫃，拿出刮鬍刀。

格拉斯太太若有所思地進門。「卓依……」她說：「我一直在想一件事。」她通常會直接坐到卓依左方，她的身體開始落向那位置了。

「別坐下！先讓我把妳的話好好聽進去。」卓依說。離開浴缸、穿上褲子、梳理頭髮顯然提振了他的精神。「我們的小禮拜堂不是常常會有訪客嗎？而訪客來的時候，我們會讓他們感到——」

「你安靜個一分鐘。」格拉斯太太堅定地說，蹺起二郎腿。「我一直在想一件事。你覺得我試著聯絡韋克會有幫助嗎？我個人認為**沒有**，但你怎麼想呢？我是說，我個人認為那孩子需要的是一個優秀的精神**科**醫師，而不是神父之類的。但我的想法可能會是**錯的**。」

「喔，不。不，不。不是**錯的**，就**我**所知，妳從來不曾說**錯**什麼，貝西。妳說的話總是不符合事實，要不就是過度誇張，但妳從不會說**錯**什麼——不，沒有。」

卓依沾溼刮鬍刀，開開心心地刮起鬍子。

「卓依，我在**問**你事情——別再嘻嘻哈哈的了，現在就正經起來，拜託。你覺得我該不該聯絡韋克？他是叫平紹還是什麼去了，總之我可以打電話給那個主教，他也許至少可以讓我知道該**打電報**到哪裡去給韋克，如果他還在那該死的船上。」格拉斯太太伸手將金屬垃圾桶拉近自己，把它當作菸灰缸。她帶了一根點著的菸進來。「我**問**法蘭妮**如果**我能聯絡上他，」她說：「她願不願意和他講電話。」

卓依沖了一下他的刮鬍刀。「她怎麼說？」他問。

格拉斯太太調整了一下坐姿，往右邊偏了一些，帶著逃避的意味。「她**說**她不想跟**任何**人說話。」

「哈，我們不至於犯傻對吧？我們不會逆來順受地接受她直接的回答對吧？」

「你要知道，年輕人，那孩子在今天內的任何回答，我都不會當一回事。」格拉斯太太挖苦著，對卓依那沾滿刮鬍泡的側臉說話，「如果你有個小女兒倒在房間裡大哭、喃喃自語四十八個小時，你不會去問她話，要她回答的。」

卓依繼續刮鬍子，沒多說什麼。

「回答我的問題，拜託你。你覺得我該不該聯絡韋克？老實說我不敢聯絡他。他好情緒化——不論他是否身為神父。如果你跟韋克說好像要下雨了，他的眼睛就會盈滿淚水。」

卓依和鏡中他的眼睛投影都被那發言逗樂了。「妳還有一線希望，貝西。」他說。

「呃，如果我沒辦法跟巴迪通電話，連你也不願意幫忙的話，我得做些什麼才行。」格拉斯太太說。她坐著抽菸抽了好一段時間，看起來萬分苦惱。接著她說：「如果事情只跟天主教有關，或類似那樣，我可能還能親自幫助她。我還沒忘掉一切。不過你們都不是被當成天主教徒養大的，我真的不——」

卓依打斷她。「妳搞錯方向了。」他說，滿是泡泡的臉轉向她，「妳搞錯了，大錯特錯。我昨晚就跟妳說了，法蘭妮的狀況跟宗教派別一點關係也沒有。」他沾溼刮鬍刀，繼續刮鬍子。「接納我的說法吧，拜託。」

格拉斯太太急切地盯著他不放，彷彿在等他再多說些什麼，但他沒開口。最後她嘆了口氣，說：「如果我能把布隆伯格那隻臭貓從沙發上弄走，我的心情會稍微舒坦一點，這心情也能維持個一陣子。那根本就不衛生。」她抽了一口菸，「還有，我真的不知道該拿那些油漆工怎麼辦。他們一漆完她的房間，就會迫不及待地去漆客廳了。」

「我說啊，我是這家中唯一一個沒問題纏身的人。」卓依說：「妳知道為什麼嗎？因為每當我感到憂鬱或困惑時，我就會這麼做。我會邀請幾個人來拜訪我的浴室，然後呢——嗯，我們一起把事情擺平，就這樣。」

格拉斯太太似乎快被卓依處理問題的方式逗笑了，但今天是她壓抑所有愉悅的日子。她瞪著他，看了一會兒，接著，新的神色緩慢地在她眼中成形——機智、狡詐、帶著丁點絕望。「你要知道，年輕人，我沒你想的那麼笨。」她說：「你們這幾個小孩，每個都**偷偷摸摸**的。如果你非要我說破，我就說。我剛好對這一切的背後原因有所了解，我了解的程度比你們想的深。」她緊閉雙唇，做出強調，並拍拍大腿，撥掉和服上不存在的菸灰。「你聽好了，我剛好知道這整件事的**根源**，就是她昨天隨身攜帶、帶到家中每個角落的那本小書。」

卓依轉身瞥了她一眼，他咧嘴笑了。「妳怎麼知道的？」他說。

「別**管**我是怎麼知道的，」格拉斯太太說：「如果你非知道不可，我就說吧。連恩打了**好幾次**電話過來，他**非常**擔心法蘭妮。」

卓依沾溼刀片。「連恩到底是何方神聖啊？」他問。錯不了的，這是年紀尚輕的男子會問的問題，他們時不時會傾向裝傻，不承認自己聽過某些人的名字。

「你很清楚他是誰，年輕人。」格拉斯太太用強調的語氣說：「連恩·**庫特爾**，他和法蘭妮交往的時間只有一年，就我所知，你見過他至少六、七次了，所以別再假裝你沒聽過他的名字了。」

卓依發出真誠的大笑，彷彿大剌剌地享受著裝模作樣者被人戳破的瞬間，連自己露餡他都能品味。他繼續刮鬍子，表情仍然欣喜。「應該要說法蘭妮的『心上人』，」他說：「不是『男朋友』。妳為什麼那麼落伍啊？貝西。為什麼？嗯？」

「別管我落不落伍，你可能會對我要說的事情感興趣。法蘭妮到家後，他打了五、六通電話——今天早上就打了兩通，那時你根本還沒起床。他人很好，而且非常關心、擔心法蘭妮的狀況。」

「不像是我們所知的某人，對吧？嗯，我不想打破妳的幻想，但我在他旁邊坐了幾個小時，他人一點都不好。他是個迷人的男孩，做作鬼。順帶一提，這一帶有人一直用我的刮鬍刀剃他們的腋下或該死的腿，或摔到它，它的頭整個——」

「沒人碰你的刮鬍刀，年輕人。為什麼他是個迷人的男孩又是個做作鬼？我可以問嗎？」

「為什麼？因為他是，就這麼簡單。可能是因為這樣有搞頭。就算他擔心法蘭妮好了，我敢打賭那背後原因一定很微不足道。他擔心她，**八成**是因為他不想在比賽結束前離開球場——因為他八成表現出介意的樣子，而法蘭妮心思夠敏銳，會注意到他在表達什麼。我完全可以想像那畫面：小混蛋送她坐計程車，再帶她去坐火車，同時心想，不知道能不能在中場前回到球場。」

「喔，我真是沒辦法跟你說話！真的是沒辦法。我甚至不知道自己為什麼要嘗試。你就像巴迪一樣，你認為每個人做某事都是為了**特定理由**。你認為任何人打電話給某人，都是為了某種骯髒自私的**目的**。」

「說得對——八九不離十。這個討人厭的連恩也不例外，我可以向妳打包票。聽我說，某天晚上我在法蘭妮準備出門前，跟那傢伙聊了該死的整整二十分鐘，我告訴妳，他什麼屁也不是。」他陷入沉思，刮鬍刀停止動作。「他對我說什麼鬼去了?志得意滿的一番話。他說什麼?……喔,對了。對。他說他小時候每個星期都會聽法蘭妮和我上節目——妳知道他在做什麼嗎?那個小混蛋。他讓法蘭妮出糗,好來吹捧我。那行為毫無來由,就只是為了討好他自己,炫耀他常春藤聯盟的過人才智。」卓依吐出舌頭,發出克制、修正過的譏諷噓聲。「呸,」他說,並回頭去用刮鬍刀:「我說呸,那些穿白鞋、編校內文學雜誌的男大生。來個誠實的騙徒給我瞧瞧吧。」

格拉斯太太看著他的側臉許久,透露出一種古怪的心領神會。「他是個年輕男孩,還沒大學畢業,而你會讓人緊張,年輕人。」她說——用最平靜的態度,說給她自己聽。「你要不是欣賞某人,就是完全不甩他。如果你欣賞某人,你就對他說話說個不停,沒人能插半句話。如果你不喜歡某人——這是大多數情況,你就會像死神本人似的坐在那,讓對方說話說到陷入僵局。我見識過。」

卓依整個人轉過身來面對他的母親。他轉過身來看著她,在如此情境下,採取的態度跟他所有兄長姊妹（尤其是兄長）如出一轍。他們在某一刻、某一年都曾像他這樣轉過身來，看著她。他們目睹一項事實（無論破碎與否）透過往往難以突破的偏見、陳腔濫調、老調重彈形成的團塊，浮現出來，為此展露出客觀的驚嘆，而且還不僅如此。他們還表現欽佩、熱愛，最後是感激。奇特的是（或沒那麼奇特也罷），這「崇敬」迎面而來之時，格拉斯太太總會跨出美麗的步伐去接納它。她會以優雅、謙遜的態度回望表情與她相同的兒子或女兒。此刻，她便以優雅、謙遜的表情面對著卓依。「你就是這樣。」她說，嗓音中並無控訴之情，「你和巴迪都不知道該怎麼跟不喜歡的人說話。」她思考了一下。「應該說不愛才對。」她修正措辭。卓依持續站著不動，盯著她看，不刮鬍子。「這樣不對。」她說——語氣沉重、悲傷，「巴迪在你這年紀時也是這個調調，而你愈來愈像他了。就連你爸也注意到了。你如果沒在兩分鐘內看某人順眼，你就永遠不會甩他了。」格拉斯太太心不在焉地望向磁磚地板另一頭的藍色腳踏墊。卓依盡可能靜止不動地站立在原地，以免壞了她的情緒。「你無法帶著如此強烈的好惡活在世上。」格拉斯太太對著腳踏墊說，然後再次轉頭面向卓依，望著他好一段時間，那神情幾乎沒有、甚至根本沒有帶著說教意味。「無論你對這有什麼看法，年輕人。」她說。

卓依沉穩地回看著她，接著他對著鏡子微笑，轉動臉龐，檢視鬍子。格拉斯太太看著他，嘆了口氣。她彎腰將香菸捻熄在金屬垃圾桶內側，幾乎立刻又點了一根新的菸，用她此刻最尖銳的語氣說：「總之，你妹說他是個很棒的男生。我說連恩。」

「那只是在說性的方面，大姊。」卓依說：「我知道那語氣代表什麼。喔，我可熟悉了！」他從臉上和喉嚨上刮去最後一丁點泡沫，然後苛刻地用一隻手摸了摸喉嚨，再拿起刮鬍刷，準備幫臉上幾個重點部位抹上泡沫。「好吧，連恩在電話上說什麼？」他問：「根據他的說法，法蘭妮這些憂慮是什麼導致的？」

格拉斯太太稍微往前坐，態度急切，「呃，**連恩**說這跟她隨身攜帶的小書有關——所有事都跟它有關。你也知道，就是她昨天讀了一整天，走到哪帶到哪的那本——」

「我知道那本小書，繼續說吧。」

「呃，他說，連恩說那是一本宗教味濃得不得了的小書——充滿狂熱等等的，還說那是她從大學圖書館借出來的，現在她認為自己也許——」格拉斯太太打住了，卓依轉頭望向她，顯露出的戒心帶著威脅性。「**怎麼**啦？」她問。

「他說她是從哪弄來的？」

「圖書館，大學的圖書館。為什麼問這個？」

卓依搖搖頭，轉身回去面對洗手台。他放下刮鬍刷，打開藥品櫃的門。

「到底是怎麼啦？」格拉斯太太質問他，「這有什麼要緊嗎？為什麼露出那種表情啊，年輕人？」

卓依一聲不吭，直到他打開一包新的刀片後，才邊拆邊說：「妳真是笨啊，貝西。」他取下刮鬍刀的舊刀片。

「為什麼說我笨？順帶一提，你昨天就**換**過新刀片了。」

卓依面無表情地將刀片卡進刮鬍刀上，再次開始刮鬍子。

「我問了你一個問題，年輕人。為什麼說我笨？她**不是**從大學圖書館弄到那本書的嗎？還是怎樣？」

「不，她不是，貝西。」卓依邊說邊刮鬍子，「那本書叫《朝聖者的再出發》，是另一本小書《朝聖者之路》的續集，後者她也隨時帶在身上。**兩本**書都是她從西摩和巴迪的舊房間拿出來的，我記得兩本書一直都擺在西摩的桌上。全能的上帝唷。」

「別為了這個咄咄逼人！有這麼**糟**嗎？我不能以為她是從大學圖書館借出來的，然後帶——」

「對！**確實**很糟。兩本書都在西摩該死的桌上擺了**好幾年**，這點**確實**很糟，很令人沮喪。」

格拉斯太太的嗓音冒出異常缺乏舌戰意圖的調子，令人意外。「我能不進西摩房間就不進去，你也知道。」她說：「我不會去看西摩留……西摩的東西。」

卓依很快地說了一句：「好吧，對不起。」他沒看著她，而且儘管他第二次刮鬍子還沒刮完，他已拿起肩膀上的面巾，擦掉了殘餘的刮鬍膏。「我們暫時別管這個了。」他說，然後將面巾丟到暖氣爐上，它蓋住了瑞克與蒂娜登場的那份腳本的標題頁。他拆開刮鬍刀，拿到水龍頭下沖洗。

他的道歉是真誠的，格拉斯太太也知道，但她顯然忍不住利用了它，也許是因為他的真誠道歉太稀少吧。「你不懂得寬容。」她邊說邊看著他沖洗刀片，「你一點也不懂得寬容，卓依。你年紀夠大了，在你鬧脾氣時，起碼應該試著展現寬容。巴迪，至少巴迪他——」卓依的整把刮鬍刀（包括新刀片等等）飛進金屬垃圾桶中，砰的一聲，嚇得她深吸一口氣，同時身體一抖。

卓依很可能沒打算將刮鬍刀砸進垃圾桶，只是他放下左手的動作太突然、力道太猛，刀子才脫離他的掌握。不管怎麼說，他肯定沒打算以手腕重擊洗手台一側，弄痛自己。「巴迪，巴迪，**巴迪**。」他說：「西摩，西摩，**西摩**。」他已轉身面對自己的母親，面對被刮鬍刀巨響嚇到、激起戒心、但沒真正感到害怕的母親。「我不想聽到他們的名字了，我聽到都想切開自己的喉嚨了。」他臉色蒼白，但幾乎面無表情。「這整棟房子都散發出鬼魂的味道。我不介意死人的鬼魂跑來糾纏我，但我恨**透**那些半死不活的人在我身邊出沒了。**上帝啊**，我真希望巴迪當初堅定一點。西摩做過的事，他也都做過——或試過。為什麼他不乾脆自殺了結呢？」

格拉斯太太眨了眼，只眨了一下，卓依立刻別過頭去，不看她的臉。他彎腰從垃圾桶中撈出刮鬍刀。「我們是**怪胎**，我們兩個，法蘭妮和我。」他打直腰桿，做出宣告。「我是二十五歲的怪胎，而她是二十歲的怪胎，那兩個混蛋都該為此負責。」他將刮鬍刀放到洗手台邊緣，但它桀驁不馴地滑到中央去。他迅速拿起它，這次緊握在手中。「法蘭妮的症狀出現得比我晚一點，但她也是個怪胎，別忘了這點。我發誓，我完全可以殺了他們，睫毛都不會抖一下。偉大的老師，偉大的解放者。我的天啊。我甚至無法坐下來跟別人共進午餐，好好和人進行像樣的對話。我要不是無聊到死，就是會囉嗦得要命，任何有知覺的賤人都會拿把椅子砸到我頭上。」他突然打開藥品櫃，眼神空洞地盯著裡頭數秒，彷彿忘了自己為什麼要打開它，接著才把未乾的刮鬍刀放到架上的定位。

格拉斯太太一動也不動地坐著，看著他，燃燒的香菸低垂在她指間。她看著他蓋上刮鬍膏的蓋子，看他找不太到螺旋紋路缺口的模樣。

「這話不是每個人都感興趣，但我還是要說。就算到了今天，我坐下來之後，要是不先低聲念出四弘誓願，我甚至沒辦法吃頓該死的**飯**。我敢打賭法蘭妮也沒辦法，他們向我們灌輸了這麼該死的——」

「四什麼？」格拉斯太太打斷他，不過態度很謹慎。

卓依兩隻手分別撐住洗手台兩端，胸口微微前傾，視線放在那一整片琺瑯材質的背景上。儘管身形瘦小，這一刻的他看來像是已準備好，且有能耐將整個洗手台往下推，推到它穿破地面。「**四弘誓願**。」他恨得牙癢癢地說，並閉上眼，「『眾生無邊誓願度，煩惱無盡誓願斷，法門無量誓願學，佛道無上誓願成。』太棒啦，隊友。我就知道我辦得到，讓我上場吧，教練。」他的眼睛還是閉著。「上帝啊，十歲以來，我人生中的每一天都會在吃三餐之間低聲念出這段話。我要是不說，我就沒辦法**吃飯**。我有次跟勒沙吉吃午餐時試圖跳過它，結果吃該死的蚌蠣時噎到了。」他睜開眼睛，眉頭深鎖，但還是維持著他古怪的站姿。「能請妳出去嗎？拜託，貝西。」他說：「我是認真的，讓我平靜地完成我的沐浴，拜託。」他再度閉上眼，彷彿又準備好要將洗手台往下推，推到它穿破地面。他的頭微微低垂，但還是看得出他臉上流了不少血。

「我希望你結婚。」格拉斯太太突然說，語氣感傷。

格拉斯家中的每個人都對格拉斯太太這種顛三倒四的發言感到熟悉——尤其是卓依。這種言論在她情緒高漲時綻放得最徹底、最壯觀。不過，這次它令卓依大大地措手不及。他發出一個響亮的噗嗤，氣幾乎都是從鼻子噴出來的。那要不是個笑聲，要不就是笑的相反。格拉斯太太迅速而焦慮地探出身子看那聲音到底是什麼。結果那算是笑聲，她便往回坐，鬆懈了下來。「嗯，我真的**希望**。」她堅持己見，「為什麼你**不想**？」

卓依放鬆自己的站姿，從褲子口袋取出一條摺好的手帕，攤開，擤鼻子一次、兩次、三次，然後收起手帕說：「我太愛搭火車了，結婚之後就永遠不能坐靠窗的座位了。」

「那不成理由！」

「這是個完美的理由。貝西，走開，讓我在這裡頭靜一靜。妳何不去搭妳的漂亮電梯？順帶一提，妳如果不熄掉那該死的菸，妳的手指就要被燒到了。」

格拉斯太太再度在垃圾桶內側將菸捻熄，然後靜靜坐了一小段時間，手沒伸向菸和火柴。她看著卓依取下一把梳子，重分髮線。「你可以去剪頭髮了，年輕人。」她說：「你看起來就像那些瘋癲的匈牙利人，或剛從游泳池爬出來的玩意兒。」

卓依依稀微笑，繼續梳頭梳了幾秒，接著突然轉身。他朝母親揮舞了幾下梳子，「還有一件事，趁我還沒忘記。現在好好聽我說，貝西。」他說：「如果妳之後又像昨晚那樣，起了念頭想打電話給菲利．拜恩斯的臭精神醫師談法蘭妮的事．妳只要做一件事就好——我的要求只有這麼多。妳只要想想精神分析對西摩造成什麼影響就好。」他停頓了一下，凸顯自己的發言。「聽到了嗎？妳會這麼做嗎？」

格拉斯太太立刻調整了一下髮網，完全無謂的舉動，接著再取出香菸和火柴，不過她只握在手裡，沒動它們，就這麼過了一會兒。「你要知道，」她說：「我並沒有說我要打電話給菲利．拜恩斯的精神醫師，我是說我考慮要打。首先，他不是一個普通的精神醫師。他剛好是一個非常虔誠信奉天主教的精神醫師，而我想找他可能會好過插手不管，看那孩子——」

「貝西，我現在是在警告妳啊，真該死。我不在乎他是不是一個虔誠信奉佛教的素食者。如果妳打電話給——」

「不用嘲諷別人，年輕人。菲利．拜恩斯還是個小男孩時，我就認識他了。他爸媽和你爸跟我一起共演了好幾年。我恰好知道一個事實，就是那男孩去看精神醫師後變了一個人，變得可愛極了。我跟他的——」

卓依將梳子扔進藥品櫃裡，不耐地甩上門。「喔，妳真是蠢透了，貝西。」他說：「菲利．拜恩斯。菲利．拜恩斯是一個可憐的性無能大叔，成天流汗，年紀超過四十了，多年來都在睡覺用的枕頭下擺著《玫瑰經》和《綜藝》雜誌。我們在談論的兩個人天差地別。妳現在好好聽我說，貝西。」卓依轉身，正面面對他的母親，審慎地看著她，手扶琺瑯牆面，彷彿以它為支撐點。「妳在聽嗎？」

格拉斯太太點完一根新的菸才有所表示。她吐煙，撥掉大腿上不存在的菸灰，冷冷地說：「我在聽。」

「好，我現在**非常**認真。如果妳……現在好好聽我說。如果妳無法或不願回想西摩的狀況，那妳就去打電話聯絡某個不學無術的精神醫師吧，就放手去做吧。打電話給那些精神分析師吧，他們經驗老到，最懂得讓病人接納各種喜悅：看電視，每週三看《生活》雜誌、歐洲旅行、氫彈、總統大選、《紐約時報》頭版、韋斯特波特與牡蠣灣家長教師聯誼會的責任，還有其他上帝才知道的平凡至極的事物——妳就去**做**吧，我敢向妳保證，不到一年，法蘭妮要不會進**瘋人**院，要不就會拿著燃燒的十字架在某座該死的沙漠中徘徊。」

格拉斯太太又撥掉了一些不存在的菸灰。「好好好——別那麼**不爽**，」她說：「看在上帝的分上，沒人要打電話。」

卓依猛拽藥品櫃門，盯著裡面，然後取下指甲刀，關上門。玻璃壁架上結滿水氣，他拿起原本放在上頭的菸，吸一口，結果發現已經熄了。他的母親說：「喏。」

然後將大號菸盒和火柴盒遞給他。

卓依抽出一根，放到雙唇間，開始劃火柴，都做到這地步了，思緒的壓力卻令他無法順利點菸，他於是吹熄火柴，拿下他嘴裡叼著的菸。他不耐地微微搖頭。

「該怎麼說呢。」他說：「我總覺得城裡某處一定窩著能幫助法蘭妮的精神醫師——我昨晚在思考這件事。」他稍微蹙眉，「但我剛好就是沒認識半個。能幫助法蘭妮的精神醫師非得是相當特殊的醫師才行。該怎麼說呢，首先他得相信自己是受到上帝恩典的啟發才開始研究精神分析，他得相信自己的聰穎天資完全來自上帝恩典，有了這天資，他才有辦法幫助他該死的患者。我所知的優秀精神醫師都沒有這樣的思路，但只有這種精神分析師才可能為法蘭妮帶來任何幫助。如果她碰到太信奉佛洛伊德的醫師，或折衷得誇張、或平庸得可怕的醫師……那些人對自身內在與智慧不懷抱任何瘋狂、神祕的感激之情，她接受他們的分析後，只會變得比西摩還要憔悴。我會擔心得要命，想想那狀況。如果妳不介意的話，我們就別聊這個了吧。」他花了一些時間點著菸，然後邊吞雲吐霧，邊將那截菸放到凝結水氣的玻璃壁架上，熄掉那根菸的老位置，重新採取較為放鬆的站姿。他開始用指甲刀銼磨指甲——儘管他的指甲原本就潔淨無瑕。「如果妳不再說一堆廢話，」停頓一段時間後他說：「我就告訴妳法蘭妮隨身攜帶的那兩本書是什麼。妳感興趣嗎？還是不感興趣？如果妳不感興趣，我並不想——」

「是，我感興趣！我**當然**感興趣！你以為我——」

「好，那妳接下來一分鐘就別講廢話。」卓依說，將背部下緣靠在洗手台邊緣，繼續用指甲刀。「兩本書都環繞著一個俄國農民，故事發生在世紀交接之時。」他說，相較於平時毫無轉圜餘地的平鋪直敘，他此時的語氣倒有幾分說書的味道。「他是個非常單純、非常和藹的小哥，有隻萎縮的手。當然了，在法蘭妮看來，他的身體再自然不過了，她的心腸根本是該死的收容所。」他扭轉身體，從凝結水氣的玻璃壁架上拿起菸，吸一口，然後開始磨指甲。「一開始，這小農夫告訴大家他有一個妻子和一塊田，但他有個發瘋的兄弟燒了田地——不久後，我想他老婆也死了。總之，他展開了他的朝聖之旅。他有個問題想解決。他讀《聖經》讀了一輩子，所以想知道不住地禱告是什麼意思，《帖撒羅尼迦前書》提到的那個。那段經文在他腦中揮之不去。」卓依的手再度伸向菸，吸一口，然後說：「《提摩太前書》裡也有類似的一段——『我願男人隨處禱告』。事實上，耶穌本人也說：『人應常常禱告，不可灰心。』」卓依沉默地用指甲刀磨了一會兒，表情莫名陰鬱。「好，總之他展開了朝聖之旅，想找一位老師，」他說：「找一個人教導他不住禱告的**方法**以及**原因**。他走啊走，走啊走，從一座教堂走到另一座聖壇，找一個又一個神父對話。最後他終於遇到了一個樸實的老僧侶，對方顯然清楚一切狀況。老僧侶告訴他，上帝隨時接受且『希冀』的禱告文是耶穌禱文——『主耶穌，憐憫我吧。』**事實上**，完整內容是『主耶穌，憐憫我吧，憐憫我這個悲慘的罪人』。不過這兩本朝聖之書都沒有強調悲慘罪人的部分——真是感謝**上帝**。總之，這老僧侶向農夫說明不斷誦念這段禱告文會發生什麼事，引導農夫練習幾次後，便請他回家了。**後來呢**，長話短說，就是這個小朝聖者精通了這段禱告文，完全掌握了它。他為自己全新的靈性生活感到欣喜若狂，開始徒步走遍俄羅斯——穿過密林、穿過城鎮、村落等地，一路上不住誦念禱文，然後也把誦念它的方法傳授給他遇見的人。」卓依唐突地抬起頭，看著母親。「有沒有在聽啊，妳這個肥胖的老德魯伊？」他詢問：「還是說，妳只是盯著我帥氣的臉看？」

格拉斯太太怒氣沖沖地說：「我當然有在聽啊！」

「好——我可不希望害我的派對冷場。」卓依放聲大笑，然後吸了口菸。他讓香菸進駐指間，繼續用他的指甲刀。「兩本小書中的第一本，《朝聖者之路》，」他說：「主要在談這小朝聖者的旅途冒險。他見了誰，他對他們說了什麼，他們對他說了什麼——順帶一提，他見到了一些好心得要命的人。續集《朝聖者的再出發》主要是對話形式的論文，談耶穌禱文的種種相關問題與緣由。朝聖者、教授、僧侶、某種隱士全聚在一起討論事情。說穿了就只是這樣的書。」卓依抬頭看了一下母親，短暫的一瞥，接著改用左手拿指甲刀。「如果妳感興趣的話，我就告訴妳吧。這兩本小書的目標，」他說：「理論上**都是**為了讓大家認識『不住誦念耶穌禱文』的必要性和**好處**。首先要在合格教師的監督下進行，這裡的合格教師指的是某種基督教權威。等到修習到一定程度後，就該靠自己了。書中最主要的概念是，誦念禱文不應是對宗教虔誠的混帳和悲痛萬分者的專利。你要忙著洗劫捐款箱也沒差，但你洗劫的同時要不住禱告。啟蒙理應會和禱告**同步**出現，而不會先於禱告。」卓依皺眉，不過學術味十足。「書中倡導的觀念，其實是這樣的，禱文遲早會憑自己的力量，從嘴唇和頭部移動到心臟的中央，成為自動的身體機能，和心跳合一。然後呢，禱文成為心臟的自動機能後，再過一段時間，那個人應該就會進入所謂的實相之中。兩本書中都沒有出現這個主題，不過用東方的詞彙來說，人體有七個不可思議的能量中樞，叫**脈輪**，而跟心臟最緊密相連的脈輪叫**心輪**，它理論上敏感又強大得要命，當它啟動時，它會反過頭去啟動另一個能量中樞，也就是位於雙眉間的**眉心輪**——那其實就是松果體，或者說松果體周圍的靈光，然後呢，賓果，神祕主義者口中的第三隻眼就開啟了。這根本不是什麼新鮮事，上帝喔。我的意思是，這並不是朝聖者那幫人搞出來的。在印度，他們稱之為**佳帕**。**佳帕**就只是不斷重複誦念人為神取的名字，或者神的具現形體之名——更精準一點說，是化身之名。概念是這樣的，只要你呼喚那名字的時間夠長、夠規律，而且**徹底**發自內心，那你遲早就會得到回覆。不一定是**回覆**，應該說**回應**。」卓依突然轉過身去，打開藥品櫃，將指甲刀放回去，拿出一根看起來格外粗短的美甲籤。「誰一直在吃我的美甲籤？」他說。他用手腕快速抹乾上唇的出汗，然後開始用美甲籤推平指甲角質。

格拉斯太太深深吸了一大口菸，看著他，然後蹺起二郎腿質問他，「法蘭妮應該就在搞那個嗎？我是說，那就是她在做的事嗎？」

「我是那樣猜的。別問我，問她。」

短暫的停頓，充滿疑慮的停頓過去後，格拉斯太太突然開口了，相當勇敢地提問：「那得做多久？」

卓依面露喜色，轉身面對她。「多久？」他說：「喔，不用多久，等到油漆工打算進妳房間就夠久了。接著聖人和菩薩就會列隊進門，手拿一碗碗雞湯。下背景音樂，霍爾．約翰遜合唱團，然後鏡頭特寫一位敦厚長者，他纏著腰布站在那裡，背景是群山、藍天白雲，平靜的表情向著所有人——」

「好了，別說了。」格拉斯太太說。

「呃，老天啊。我只是想試著幫忙，做點好事。我不希望妳帶著一個印象離開，就是……就那個嘛，妳會以為懷有信仰者的生活必定有各種程度的不便之處。我的意思是，有很多人不接納這些，僅僅是因為他們以為這涉及一定的棘手操作和堅持不懈——妳懂我意思。」說話者的談話顯然來到了最高潮，且大為享受，還嚴肅地朝母親揮舞美甲籤，「我們離開這小祈禱室後，我希望妳能收下我一直很欣賞的一本小書，我相信它觸及了我們今天早上討論的一些要點。《上帝是我的嗜好》，荷馬・文森・克勞德・皮爾森二世博士寫的。在這本小書中，我想妳會讀到這麼一段：皮爾森博士清楚地告訴讀者，他在二十一歲那年開始每天撥出一些時間——我沒記錯的話，是早上兩分鐘和晚上兩分鐘，而在第一年年末，他的年收就增加了百分之七十四，全靠他與上帝的非正式會面。我手上應該有多的一本，如果妳願意——」

「喔，要跟你談事情根本就是不可能的。」格拉斯太太說，但話聲微弱。她的視線再度飄向房間另一頭的藍色腳踏墊，她的老友。她坐在原地瞪著它，而卓依（咧嘴笑著，但上唇大量出汗）繼續用他的美甲籤。許久之後，格拉斯太太費勁呼出了一個寶貴的嘆息，把注意力放回卓依身上，此時他推著指甲角質，身體半側向晨光。她目視著他沒穿衣服的、瘦弱得不尋常的背部，把肌肉線條和平面都收進眼底，眼神逐漸脫離失焦狀態。事實上，過了短短幾秒之後，她的眼神似乎拋下了所有黑暗而沉重的事物，放出影迷俱樂部式的鑑賞者光彩。「你的身材變寬、變好看了。」她大聲說，伸手觸碰他的背部下方，「我原本擔心那些瘋狂的槓鈴訓練會對你——」

「**別這樣**，好嗎？」卓依語氣尖銳，身體一縮。

「別**怎樣**？」

卓依拉開藥品櫃的門，將美甲籤放回側邊凹槽。「別那樣就是了，別誇獎我該死的背。」他說，並關上櫃子。他拿起毛巾架上掛著的一雙黑色絲綢短襪，帶到暖氣爐旁。他坐上暖氣爐，無視熱度（或者正因為這裡熱熱的才過來），開始穿襪子。

格拉斯太太慢半拍地用鼻子哼了一口氣。「別誇獎你的背——說得好！」她說，但她感覺被辱罵了，內心有些受傷。她看著他穿襪子時的表情很複雜，既受傷，又帶著無法控管的興致，多年來不斷檢查洗好的襪子是否有破洞的人會有的興致。接著，她突然發出最清晰可聞的那種嘆息，站了起來，堅定且肩負責任地走向卓依剛剛占據的洗手台前方。她的第一項要務，犧牲奉獻意味著顯見的任務就是轉開水龍頭。「我希望你學會一件事，東西用完之後要把蓋子蓋好。」她刻意用語氣表明她的吹毛求疵。

卓依在暖氣爐旁將護腳套套到襪子上，抬頭望向她。「我希望妳學會一件事，該死的派對結束後就走人。」他說：「我是認真的，現在就出去，貝西。我希望在這裡頭享受片刻的安寧——這話聽起來也許**粗魯**，但我就是要說。首先，我很趕時間。我得在兩點半抵達勒沙吉的辦公室，而且我**希望**在那之前進城辦些事。現在就動起來——可以嗎？」

忙於家事職責的格拉斯太太轉過頭去看他，問了一個問題。多年來，激怒了每一個格拉斯家小孩的問題：「你會吃點**午餐**才出門，對吧？」

「我會在城裡吃點東西……我的另一隻鞋跑哪去了？」

格拉斯太太慎重地盯著他。「你出門前不先跟你妹談談嗎？」她質問。

「我不**知道**，貝西。」旁人察覺得到他遲疑了一下才回答，「拜託別再問我了。如果我今天早上有什麼事急著想告訴她，我早就告訴她了。別再問我了。」他穿好一隻鞋子，也綁好鞋帶了。在一隻鞋消失的狀況下，他突然四肢著地趴到地上，伸手到暖氣爐下來回撥動。「啊，在這啊，小混蛋。」他說。暖氣爐旁立著一個小小的浴室體重計，他坐到上頭，手拿著剛剛還不見蹤影的鞋子。

格拉斯太太看著他穿鞋，不過他綁鞋帶時她已經走人了。她開始朝浴室出口移動，但速度很慢，展現出某種非典型的笨重——事實上是拖行，而卓依為此分心。他抬頭望向她，將大把注意力放到她身上。「我再也搞不懂你們這些孩子了，我不知道你們是怎麼了。」格拉斯太太沒回頭，含糊地說。她在其中一個毛巾架前停下腳步，拉直一條毛巾。「在你們還會上廣播節目的舊時光，你們都還小的時候，一個一個都好——聰明又開心，總之就是可愛極了。早上、中午、晚上都一樣。」她彎腰從磁磚地板上撈起一根長長的、莫名偏金的頭髮。她繞到垃圾桶去，並說：「你們學識如此豐富、聰明得不得了，但這如果沒辦法讓你們開心的話，我不知道有什麼好的。」她背向卓依，再度朝門口移動。「至少，」她說：「你們兄弟姊妹以前都對彼此很和善、感情很好，我看了就開心。」她開門，搖搖頭。「真開心。」她堅定地說，然後關上門。

卓依望著關上的門，深吸一口氣，緩慢呼氣。「某些退場台詞妳還是留給自己吧，大姊。」他在她後方呼喚——不過他是等到聲音確定不會傳到走廊上、傳入她耳中時才開口的。

格拉斯家的客廳完全沒準備好要接受重新油漆，準備程度說有多低落就有多低落。法蘭妮躺在沙發上睡覺，身上蓋著一件阿富汗毛毯；全室地毯既沒拿起來，角落也沒捲起來；家具（擺放的樣子一看就像個小倉庫）跟往常一樣，依靜態、動態類型配置。這房間並沒有大得令人刮目相看，即使以曼哈頓公寓的標準來看也一樣，不過它累積的家具也許足以把瓦爾哈拉的宴會廳妝點得很舒適。這裡有一架史坦威鋼琴（頂蓋總是掀開的），三台收音機（一九二七年的Freshman，一九三二年的Stromberg-Carlson，一九四一年的R. C. A.），一台二十一吋螢幕電視機，四架桌上型留聲機（包括一台一九二〇年的Victrola，喇叭仍完好無缺地架在機身頂部），放菸和放雜誌的桌子極為大量，一張標準尺寸的桌球檯（摺起來收在鋼琴後方，好險），四張舒適的椅子，八張不好坐的椅子，容量為十二加侖的熱帶魚缸（裝到滿，字面意義上的滿，並且以兩個四十瓦燈泡當照明），一個雙人椅，法蘭妮躺的沙發，兩個空鳥籠，一張櫻桃木寫字桌，各色各樣的落地燈、桌燈；還有橋梁燈，它們像漆樹般東冒一棵西冒一棵，占據狹窄的室內空間。高度及腰的書櫃形成的封鎖線占據三面牆，層架塞滿書本，整個凹陷了——上頭有童書、教科書、二手書、讀書俱樂部的書，還有從公寓中較不公共的「附屬空間」中溢流出來的五花八門的書（《卓九勒伯爵》如今擺在《基礎巴利語》旁邊，《索姆的男孩同盟》擺在《旋律的閃電》隔壁，《聖甲蟲謀殺案》和《白癡》比鄰，《南希·德魯和隱藏的樓梯》壓在《畏懼與戰慄》上頭）。就算有支果敢、心志堅定的油漆工小隊應付得了書架，自尊心再怎麼強的工匠一碰上書架正後方的牆壁，大概也只能放棄他的工會證了。書架頂端到天花板之間的距離不到一英尺，這範圍內的灰泥牆面（瑋緻活藍，凹凸不平，至少露出來的部分是這樣）幾乎布滿了東西，這些大致上可稱為「掛飾」，意指一系列裱框的照片、泛黃的私人信件與總統答信、銅匾與銀匾、一大堆亂七八糟且看似隱約帶有表揚性的文件、各種形貌和尺寸的獎杯狀物件，它們全都或多或少證明了一項令人敬畏的事實：一九二七年至一九四三年年尾，一個叫《聰明寶貝》的聯播網電台節目鮮少有完全無西摩家兄弟姊妹任何一人登場的集數，每次都至少有一人（一次兩個的情況更頻繁）出席（三十六歲的巴迪·格拉斯是該節目尚在世的前參賽者中最年長的一個，他爸媽公寓裡牆上的資料不時將他描述成一種視覺讚美詩，讚美的對象是廣告常見的美國典型童年與性早熟。他經常遺憾地表示自己太少從鄉下住處來訪，每次來訪的間隔也太長，並指出——而且往往是長篇大論地指出他的弟弟妹妹有多幸運，他們大都還住在紐約市內或附近）。事實上，牆面的裝飾計畫是列斯．格拉斯先生絞盡腦汁的成果——格拉斯太太毫無保留地展現她精神上的支持，但遲遲不肯正式批准他這麼做。列斯．格拉斯先生是孩子們的父親，以前是巡演各國的雜耍演員，他對薩迪劇院餐廳內壁飾的憧憬，無疑到了根深柢固又充滿眷戀的地步。格拉斯先生做為室內設計者最靈感泉湧的一個方案，就展現在法蘭妮睡的沙發後上方。在那裡，有七本剪貼簿，裡頭貼滿報章雜誌剪下的報導，書脊直接被固定在牆面上，彼此距離近到近乎亂倫。年復一年，這七本剪貼簿顯然都在待命狀態，等著讓家族長年來往的密友或偶然來訪者翻閱或細讀，還有那古怪的兼職清潔女工可能也會看吧。

值得稍微一提的是，當天上午稍早，格拉斯太太設法替油漆工做了兩個象徵性的表態。這房間可從客廳或餐廳進入，兩個入口都有裝設玻璃窗的雙開門。吃完早餐後，格拉斯太太直接去把打褶的真絲窗簾從門上拆下來。不久後，恰當的時機來了，格拉斯太太趁法蘭妮假裝在品嘗雞湯的期間，母山羊般敏捷地爬到靠窗座位上，將三扇吊窗上方厚重的錦緞窗簾全拆了下來。

客廳只有一面會有陽光照進來，就是向南那側。隔著小街的正對面，有一棟四層樓的女子私校——那是一棟令人無動於衷又無特色到產生疏離感的建築，在下午三點半前少有生氣。到了那時間，第三、第二大道的公立學校孩童會在石階上擲距骨[12]或階梯球[13]。格拉斯家住五樓公寓，比那棟學校高了一樓，此刻太陽正高掛在學校屋頂上方，光線照入格拉斯家赤裸的客廳窗玻璃內。陽光對這房間很不客氣。客廳家具老舊、本質上不可愛、充斥記憶與感傷也就算了，這房間過去多年來還不斷充作橄欖球和美式足球（孩子們在這裡擒抱，有時也以「觸碰」取代擒抱）的球場，幾乎沒有家具能幸免於支腳缺角或污損。與視線等高處也到處是坑疤，都是各種在空中飛來飛去的物件造成的——豆袋、棒球、彈珠、溜冰鞋調整鎖、肥皂橡皮擦，在一九三〇年代初某個顯著的情況下，有人甚至扔了一個無頭的陶瓷娃娃。不過呢，陽光最不友善的對象，也許就是地毯了。它原本呈葡萄酒紅（至少在燈光下看也仍是這顏色），但它現在有好幾個醒目之處：狀似胰臟的褪色斑紋，是一系列家中寵物留下的、不動人的紀念物。此刻的陽光長驅直入，無情地來到客廳深處的電視機前，迎面痛擊它毫不眨動的巨大獨眼。

格拉斯太太，這位站在亞麻織品櫥櫃前曾大受啟發、完成某些重度垂直性思考

12 希臘時代即有文獻記載的遊戲。現代美國的玩法是擲一小球，趁它在彈跳一次的期間內抓起地上的塑膠距骨，再接住小球。

13 規則近似棒球。打擊者使力將球扔向階梯，讓它飛向身後對街的野手。野手接到球前的彈掉次數決定打者上幾壘。

的太太，讓她最幼小的孩子睡在沙發上，埋在粉紅色密織棉布被單之間，然後再蓋上一件淡藍色的阿富汗羊毛毯。如今，法蘭妮側睡著，左半身朝下，面對沙發椅背與牆面，周圍有好幾個抱枕，而她的下巴剛好掠過其中一個。她的嘴巴閉著，但只是輕輕地咬合。然而，她擺在被單上的右手緊握著，而非輕輕縮起。四指鉗住拇指——彷彿二十歲的她又重新採取了育嬰房內無聲的拳頭守勢。有個現象應該要提出來講：陽光，對客廳內其他區域無禮放肆的陽光，在這裡，在沙發上的舉止是十分優美的。它全力照亮法蘭妮的頭髮，那烏黑、剪得俏麗、三天內洗了三次的頭髮。事實上，整條阿富汗毛毯沐浴在陽光中，溫暖、燦爛的光在藍色羊毛上展示的光影變化本身就值得欣賞。

卓依幾乎可說是從浴室裡直接走過來的，他嘴裡叼著點燃的雪茄，在沙發前站了好一段時間，起先忙著紮白色襯衫，接著扣起袖口，然後站在原地，看著眼前的畫面。雪茄後方是他的蹙眉，他彷彿認為這驚人的光影效果，是某個品味多少令人存疑的舞台總監「創造」出來的。儘管他五官俊俏非凡，青春正盛，身材整體而言賞心悅目（穿上衣服後，他很容易就會被誤認為年輕、體重過輕的舞者），那根雪茄卻跟他不怎麼搭。其中一個原因是，他的鼻子不怎麼塌。另一個原因是，雪茄，以及它和卓依的組合，並非年輕人明顯熱愛的事物。他從十六歲就開始抽了，而且十八歲後固定會抽，多的時候一天會抽上十幾根——大都是昂貴的潘納特拉。

一張佛蒙特大理石咖啡桌與沙發平行擺放，位置相近，長方形，長度頗長。卓依突然走向它，挪開菸灰缸、一個銀色菸盒、一本《哈潑時尚》，一屁股坐到冰冷大理石桌面上的狹小空間，面對法蘭妮的頭部和肩膀——他的臉幾乎是懸浮在她上方了。他瞧了一眼藍色阿富汗毛毯上緊握的拳頭，然後抓住法蘭妮的肩膀，手勁頗輕，而且菸還夾在手上。「法蘭妮。」他說：「法蘭西絲。我們走吧，小妹。一天當中最美好的時刻別在這裡蹉跎……我們走吧，小妹。」

法蘭妮驚醒——整個人真的是抖了一大下，彷彿她躺的沙發剛輾過一個險惡的凸起。她舉起一隻手說：「呼。」她瞇眼看了一下早晨的陽光。「陽光怎麼這麼強？」她只將卓依的部分身影收進眼底。「陽光怎麼這麼強？」她又重複了一次。

卓依相當仔細地觀察著她。「我走到哪裡，哪裡就出大太陽啊，小妹。」他說。

法蘭妮瞪他，眼睛仍瞇著。「你為什麼要叫醒我？」她問。她的睡意仍太過濃厚，聲音表現不出乖張，但顯然她感覺到空氣中有不公義的味道了。

「嗯……是這樣的。我的教友安塞爾莫和我被分配到新的教區去了。在拉布拉多，懂我意思吧。我們想知道妳願不願意在我們離開前祝福——」

「呼！」法蘭妮又吁了一口氣，一隻手放到頭頂。她的髮型剪得很短，短得很時髦，睡眠並沒有毀了它。髮線中分，對觀者而言是一件幸運的事。「喔，我做了一個可怕到不行的夢。」她說，稍微坐挺一些，單手拉攏浴袍的翻領。那是一件量身訂做的領帶綢浴袍，米色，上頭有小小的粉紅色茶香玫瑰圖案，十分美麗。

「說吧。」卓依抽一口雪茄，「我來幫妳分析。」

她打了個冷顫。「真的好可怕，像**蜘蛛**一樣。我這輩子從沒做過像蜘蛛一樣恐怖的噩夢。」

「蜘蛛是吧？很有趣，非常有象徵性。我聽說幾年前在蘇黎世有個非常有趣的案例——事實上，那是一**個**跟妳十分相像的年輕人……」

「安靜個幾秒，不然我會忘記。」法蘭妮說。她熱切地盯著空中，就跟所有試圖回想噩夢的人一樣。她的眼睛下方有黑眼圈，另外還有其他細微的跡象顯示她是一個精神極度苦惱的年輕女孩，儘管如此，還是不會有人漏看這件事：她擁有一流的美貌。她的膚質姣好，五官細緻又有特色。她的眼珠藍得驚人，色澤幾乎和卓依相同，不過眼距更開，任何兄妹都會有這樣的差異——而且她的眼睛和卓依的不同，望向它們並不是所謂稀鬆平常的行為。四年前，在寄宿學校的畢業典禮上，當巴迪看到她從畢業生座位區朝他咧嘴笑時，他便病態地向自己預言：她很有可能會在某一天嫁給一個乾咳不止的男人。此時她臉上也出現了**那樣的**預兆。「喔，天啊，我現在想起來了！」她說：「實在太討厭了。夢中我在某個**游泳**池，一大票人一直要我潛到池底找一罐金牌咖啡。我一浮上水面，他們就要我潛下去。我哭呀哭的，不斷對所有人說：『**你們**都穿著泳衣，為什麼你們不也潛下去找找？』但他們只顧著笑，發表惡毒到不行的小小看法，而我又會潛下去。」她又打了一個冷顫。「我宿舍裡的兩個女孩也出現了，史蒂芬妮．羅根和我幾乎不**認識**的一個女孩——事實上，我總是覺得她很**可憐**，因為她的名字糟透了。夏農．薛曼。她們兩個人都拿著一把大槳，每當我浮上水面就試著**打**我。」法蘭妮雙手掩面，過了一會兒。「呼！」她搖搖頭，陷入沉思。「在那個夢中出現也顯得**合理**的人只有塔珀教授，我的意思是，就我所**知**，那些人當中真正討厭我的人只有他。」

「討厭妳是吧？真有趣。」卓依嘴裡叼著雪茄。他緩慢地轉動它，像個尚未掌握所有事實的解夢者。他看起來非常滿意。「他為什麼討厭妳？」他問：「妳要知道，如果妳不對我百分百地坦承，我的能力——」

「他討厭我是因為我修了他瘋狂的宗教研討班，而他在釋放魅力、展露牛津光環時，我從來就沒辦法回以微笑。他是從牛津大學借調，或者用什麼方法弄來的教授，一個志得意滿的可悲老騙子，白髮蓬亂。我認為他會在上課前先進男廁把自己的頭髮弄亂——我真心這樣想。他對他授課的主題毫無熱情。自尊？有。熱情？沒有。那也無妨——我的意思是說，那並沒有什麼特別奇怪之處，但他卻一直放出一些愚蠢的暗示，要大家相信他是一個開悟之人。他出現在這國家，我們這些孩子應該要感到高興才對。當他沒在吹噓時，只有一件事會帶給他活力，那就是在某人說某某文字是梵文時糾正對方，說那是巴利語。反正他就是知道我受不了他！你應該要看看我趁他不注意時對他扮的鬼臉才對。」

「他在泳池那裡做什麼？」

「這就是問題！他什麼也沒做！徹頭徹尾沒有！他只站在那裡，微笑，看著那場面。他是那裡最糟糕的人。」

卓依在煙霧中冷冷地說：「妳看起來糟透了。妳知道嗎？」

法蘭妮瞪著他看。「你大可在那裡坐一整個早上，都別跟我提那個。」她說，並意味深長地補了一句：「大白天，又一大早，別又開始損我了，卓依，拜託你。我現在很認真地對你說話。」

「沒人要損妳，小妹。」卓依用同樣冷靜的語氣說：「妳只是剛好看起來糟透了，就這樣。妳為什麼不吃點東西？貝西說她煮了一些雞湯。」

「如果有人再跟我提一次雞湯——」

然而，卓依的注意力已經飄到其他地方了。他低頭看著沐浴在陽光中的藍色阿富汗毛毯，看著它蓋住法蘭妮小腿與膝蓋的那一段。「那是誰？」他說：「布隆伯格？」他伸出手指，輕戳了一下毛毯下方那頗為巨大、看起來又像有動靜的團塊。「布隆伯格？是你嗎？」

那團塊扭動了一下，法蘭妮現在也把注意力放到牠上頭了。「我擺脫不了牠。」

她說：「牠突然瘋狂地**迷**上我了。」

卓依手指的探查式觸碰刺激了布隆伯格，使牠突然拉長身體，緩慢地往上鑽，朝法蘭妮大腿上的空隙移動。牠那不討喜的頭在天光、日光下冒出來了，法蘭妮立刻捉住牠的胳肢窩，將牠抬到親密問候的位置。「**早安**啊，親愛的布隆伯格！」她說，並狂熱地親吻牠的雙眼之間。牠厭惡地眨眨眼。「早安啊，又老又臭的肥貓，早安，早安，早安！」她一再親吻牠，但牠心中並沒有湧現相應的愛意。牠試圖翻過法蘭妮的鎖骨，動作笨拙且相當暴力。牠是一隻已無「雄風」的灰虎斑公貓。「牠很**黏**人對不對？」法蘭妮讚嘆著，「我從來沒**看**過牠這麼黏人的樣子。」她看著卓依，可能是希望他附和，但在雪茄後方的卓依臉龐並沒有表態。「摸摸牠，卓依！看牠有多可愛，**摸摸**牠。」

卓依伸手撫摸布隆伯格弓起的背，一下，兩下，然後就罷手了。他從咖啡桌上起身，迂迴地穿行於客廳內，來到鋼琴那裡。它以側面示人，大大敞開，一團史坦威式的威風黑影，正對著沙發，且鋼琴椅幾乎就在法蘭妮正對面。卓依坐到椅子上，試驗性地調整了一下姿勢，然後望向譜架上的樂譜，顯然很感興趣。

「牠全身都是跳蚤，實在讓人笑不出來。」法蘭妮說，然後和牠扭打了一下，試圖要牠回去當一隻溫順的貓，繼續睡在她大腿上。「我昨晚在牠身上找到十四隻跳蚤，才只是身體的其中一邊喔。」她用力將布隆伯格的屁股往下壓，然後望向卓依。「欸，劇本如何啊？」她問：「昨晚終於收到了嗎？還是怎樣？」

卓依沒回答她。「上帝喔。」他說，眼睛仍看著譜架上的樂譜。「誰把這拿出來的？」樂譜上寫的曲名是〈你不用那麼壞心，寶貝〉，是四十年前的歌了，封面上有烏賊墨印出的格拉斯夫婦身影。格拉斯先生戴禮帽、穿燕尾服，格拉斯太太也是。他們對鏡頭露出相當燦爛的笑容，兩人都倚著紳士手杖，往前探出身子，雙腳大開。

「那是什麼？」法蘭妮問：「我看不到。」

「貝西和列斯。〈你不用那麼壞心，寶貝〉。」

「喔。」法蘭妮咯咯笑，「列斯昨晚在緬懷它，覺得那樣對我有好處。他以為我肚子痛。他把琴椅裡頭的所有琴譜都拿出來了。」

「我真的很想知道，我們是怎麼從〈你不用那麼壞心，寶貝〉一路跑到這裡來，落腳在這片爛叢林裡的，真是見鬼了。交給妳搞清楚吧。」

「我沒辦法，我試過了。」法蘭妮說：「劇本如何？來了嗎？你說誰——是叫勒沙吉先生還是什麼啊？你說他會送到門房那裡去，趁他——」

「來了，來了。」卓依說：「要聊它也無妨。」他把雪茄拿到嘴邊叼住，右手放到鍵盤高音部，開始彈〈金卡酋舞〉的旋律，而且是彈八度音。多少值得一提的是，這舞在他出生前便紅了起來，然後又退出主流舞台了。「**劇本**不僅來了，」他說：「迪克．赫斯還在昨晚一點打了通電話過來——就在**我們的**小小騷動後。他約我碰面喝一杯，那混蛋。又約聖里摩公寓。他在探索東村呀，老天爺！」

「別拿你的手砸琴鍵。」法蘭妮說：「你如果要坐在那裡，我就要當你的指導者。我的第一個指示就是，彈琴別用砸的。」

「首先，他明知道我不喝酒。第二，他知道我在紐約土生土長，如果問我對這地方有什麼不能容忍之處，我會說它的氣氛。第三，他知道我住的地方離東村有他媽的七十個街區遠。第四，我跟他說了三次我穿著睡衣和室內鞋。」

「別用砸的。」法蘭妮指示他，並撫摸著布隆伯格。

「結果不行，事不容緩。他說要立刻見我。『這事很重要，現在別鬧了。你這輩子當一次乖寶寶就好，跳上計程車過來吧。』」

「你去了嗎？蓋蓋子的時候也別用砸的，這是我的第二——」

「是，我當然去了，我根本沒有該死的意志力！」卓依說。他不耐地闔上琴蓋，但沒用砸的。「我的毛病在於，我不相信任何紐約的外地人，我不在乎他們在這裡打滾了多久。我總是擔心他們會被車撞，或在忙著探索第二大道亞美尼亞餐廳時**挨打**，或是遇上其他屁事。」他陰鬱地朝〈你不用那麼壞心，寶貝〉呼了一口雪茄煙。「好，總之我去了。」他說：「迪克就在那裡，老樣子。很低落，很**憂鬱**，腦子裡裝滿了不能等到今天下午才告訴我的重大消息。他坐在一張桌子前面，身穿牛仔褲和醜到不行的運動外套。儼然是被流放到紐約的第蒙人。我差點就要宰掉他了，我向天發誓。真是折騰人的一夜。我坐在那裡整整兩個小時，聽他說我有多**高人**一等，說我出身的家庭充滿精神異常又錯亂的奇才。**然後呢**，當他分析完我——**還有**他根本沒見過的巴迪和西摩之後，他陷入了一個內心僵局，不知道自己接下來該表現得像精力充沛的柯蕾特[14]，還是簡短版的湯瑪士．伍爾夫[15]。突然間，他從桌子底下拿出了一個華麗的押花公事包，塞了長度一小時的新劇本到我的手臂下方。」他伸手在空中揮了一下，彷彿想打發掉這個話題，但他從鋼琴椅上起身的動

14 柯蕾特（Sidonie-Gabrielle Collette），法國重要前衛女作家。

15 湯瑪士．伍爾夫（Thomas Wolfe），美國作家，以自傳體小說聞名。

作太焦躁了，顯示那不是真的想打住話題的手勢。他嘴裡叼著雪茄，雙手放在褲子口袋裡。「多年來，我一直在聽巴迪陳述他對演員的看法。」他說：「上帝喔，說到我所認識的作者，我可以告訴他的事情有一籮筐。」他心不在焉地站了一會兒，然後開始漫無目的地遊走。他停在一九二〇年的 Victrola 前面，茫然地望著它，然後對著它的喇叭吠叫，叫了兩聲，消遣自娛。法蘭妮看著他咯咯笑，但他皺起眉頭，繼續走動。一九二七年 Freshman 收音機的上頭擺著一個魚缸，他來到它前方時，突然彎下腰去，手從口中接過雪茄。他看著魚缸內部，顯然興味盎然。「我的黑花鱂一隻一隻死掉了。」他說，手自動伸向魚缸旁的飼料盒。

「貝西今天早上餵過牠們了。」法蘭妮警告他。她還在摸布隆伯格，還在強迫性協助牠離開溫暖的阿富汗毛毯，來到外頭這個無法捉摸且難解的世界。

「牠們看起來餓壞了。」卓依說，但他的手縮了回去。「這隻看起來很憔悴。」他用指甲敲了敲玻璃。「你需要一點雞湯呢，老兄。」

「卓依。」法蘭妮出聲，要他把注意力放到自己身上，「現在狀況如何？你有兩份新的劇本，勒沙吉搭計程車送來的那份如何？」

卓依盯著魚缸看了一會兒，接著突然直挺挺地仰躺到地毯上，解放他壓抑的念頭。「在勒沙吉寄來的那份劇本裡，」他交疊雙腿，「我要扮演瑞克．查爾摩斯。我向天發誓，那齣戲可說是一九二八年的客廳喜劇，完全把法國那套搬過來。唯一的差別是，它一點都不落伍，加入了許多跟情結、壓抑、昇華有關的行話，都是劇作家從精神分析師那裡聽來的。」

法蘭妮看著他唯一沒被擋住的部分。從她坐的地方看過去，只看得到他的鞋底和腳跟。「嗯，那迪克的作品呢？」她問：「你讀過了嗎？」

「在迪克的劇本中，我要扮演伯尼，一個心思細膩的年輕地鐵警衛。那是史上最大膽、最顛覆傳統的電視劇傑作。」

「你說真的嗎？真的那麼好嗎？」

「我沒說好，我說大膽。皮繃緊點吧，小妹。它播出後的隔天早晨，大樓裡的所有人一定都會拍拍彼此的背，歡天喜地地感謝彼此。勒沙吉、赫斯、波默羅伊、贊助商，一整個勇氣十足的團隊。今天下午就會開跑，搞不好已經開跑了。赫斯會跑到勒沙吉的辦公室對他說：『勒沙吉先生，我寫了一個新劇本，是一個心思細膩的年輕地鐵警衛的故事，從頭到尾只散發出勇氣和廉正的味道。先生，我都知道，你最喜歡的是棘手又辛辣的劇本，其次就是勇氣和廉正的故事。先生，如同我剛剛說的，這故事就有勇氣和廉正的味道，充滿各種混搭元素。它很感傷，該暴力的地方暴力。正當種種問題擊潰這個心思細膩的地鐵警衛，使他失去對人類和小老百姓的信任時，他九歲的姪女從學校回來了，她向他傳遞油嘴滑舌又沙文的哲學，安德魯．傑克森那個粗俗的老婆透過繁榮和第五六四號公立小學代代相傳到我們這裡的智慧。不容錯過啊，先生！它平易近人，簡單易懂，不真實，夠似曾相識，夠瑣碎，因此我們貪婪、神經兮兮又知識淺薄的贊助商一定能理解，一定會愛。』」卓依突然坐起身。「我才剛泡完澡，現在流汗流得像頭豬一樣。」他評論自己後，站了起來，並在起身的同時瞥了法蘭妮一眼，彷彿認為那麼做是不明智的。他原本已經要別開視線了，實際上卻更仔細地審視她。她低著頭，眼睛看著大腿上的布隆伯格，持續撫摸著牠。不過這畫面有個變化。「哎呀。」卓依說，並湊近沙發，顯然是來找麻煩的。「這位女士的嘴唇動著，禱告的聲音高漲起來了。」法蘭妮沒抬頭。「妳在搞啥啊？」他問：「遁入流行藝術，逃避我的異教徒態度？」

這次法蘭妮抬頭了，她搖搖頭，眨了眨眼。她在對他微笑。事實上，她的嘴唇一直動著，現在也不例外。

「別對我微笑，拜託。」卓依平靜地說，離開她的附近。「西摩總是那樣對我笑。這該死的屋子裡淨是微笑的臉。」他在其中一個書架前，以拇指輕推了一下沒對齊的書，然後前進。他走到房間中段的窗邊，那裡有個靠窗座位，擋在窗戶和一張櫻桃木桌之間，格拉斯太太總是在那裡付帳單、寫信。他站在那裡往戶外看，背對法蘭妮，雙手再度放到褲子口袋裡，雪茄叼在口中。「妳知道我今年夏天可能會去法國拍片嗎？」他急躁地問：「我跟妳提過嗎？」

法蘭妮興致勃勃地看著他的背影。「沒有，你沒跟我提過！」她說：「你說真的嗎？什麼片？」

卓依看著馬路對面那鋪著碎石的學校屋頂，說：「喔，說來話長。有個呆法國佬跑到這裡來，聽了我和菲利浦錄的專輯。我幾個星期前的某天和他一起吃了午餐。真的是條寄生蟲，不過挺討人喜歡的，他現在顯然在那邊很紅。」他一腳踩上靠窗座位。「事情還沒定案——不管談什麼事，這些傢伙永遠都不會定案，但我覺得我已經半哄半勸到讓他考慮翻拍那部雷諾曼的小說了，就是我寄給妳的那部。」

「好啊！喔，那真是太令人**興奮**了，卓依。如果你要去的話，會是什麼時候去呢？」

「並**不**令人興奮，這就是重點所在。我會拍得很開心，對。**天啊**，沒錯。但我不想離開紐約，我恨死了。如果妳非要知道，我就告訴妳吧。凡是搭上任何一種船的所謂創意人，我都恨死了。我才不管他們的理由是什麼，去他的。我在這裡**出生**，在這裡**受教育**，在這裡**被車撞**——**兩次**，都在同一條該死的**街**上。行行好吧，在歐洲演戲沒我的事。」

法蘭妮若有所思地凝視他罩著白色絨面呢的背，然而，她的嘴唇仍沉默地吐出字句。「如果你那樣想的話，」她問：「那為什麼還要去？」

「為什麼我要**去**？」卓依說話時沒回頭，「我**去**，主要是因為我受夠了，我不想氣沖沖地醒來，氣沖沖地睡著。我**去**，是因為我會高高在上地評斷我認識的每一個可憐又得潰瘍的混蛋。這事並不怎麼讓我傷腦筋。至少我是發自肺腑地評斷他們，我也知道我會為我做出的評斷付出代價，遲早會的，不論那是什麼代價。**那**也不怎麼讓我傷腦筋。但有件事——耶穌在上啊，有件事我再也看不下去了，那就**是**我對城裡那些人的士氣產生的影響。我告訴妳**到底**是什麼影響。我讓所有人覺得自己其實不想好好做事，只想做自己所有認識的人——評論家、贊助商、大眾，甚至是孩子學校的老師，會給予好評的事。這就是我產生的影響，那就是我帶來的最糟的影響。」他對學校屋頂的方向皺眉，然後用指尖擦去額頭上的一些汗珠。他聽到法蘭妮說了些什麼，突然轉過身去。「什麼？」他說：「我沒聽到。」

「沒什麼。我說：『喔，天啊。』」

「為什麼說『喔，天啊』？」卓依不耐地問。

「沒什麼，別責怪我，拜託。我只是在想事情，就這樣罷了。我真希望你看到我星期六的樣子。你剛剛說損害他人的士氣！而我絕對是毀了連恩的一整天。我每隔一個小時就準時在他面前昏倒，而且還不只這樣，我明明一路北上是為了參加一個美好、友善、尋常的雞尾酒派對，還有應該會很歡樂的球賽，結果不管他說什麼，我都責罵他或唱反調或……我不知道，我就是搞砸了一切。」法蘭妮搖搖頭，她仍在撫摸布隆伯格，但心不在焉。她視線的焦點似乎落在鋼琴上。「我就是憋不

住，所有意見都要說出來。」她說：「真是太可怕了。幾乎從他在車站見到我的那一刻起，我就不停、不停、不停地批評他的看法和價值觀還有……一切的一切。他寫了一份完全無害的、試管嬰兒般的報告，談福樓拜。他**好**引以為傲，很想要我讀一讀，但他的表達方式讓我覺得好英語系、好高高在上、好學院派，結果我只有——」她打住，再度搖搖頭，而卓依仍是半側向她的方位，對她瞇起眼。比起剛睡醒時，她看起來可說是更蒼白、更像手術後患者了。「他沒朝我開槍真是奇蹟了。」她說：「他如果真的動手，我絕對會向他道賀。」

「這部分妳昨晚跟我說了，今天早上我不需要回味那些老哏，小妹。」卓依說，並回頭去看窗外。「首先，當妳開始抱怨**事情**和抱怨別人，而不是抱怨自己時，妳就已經大錯特錯了。我們都會這樣。我也會該死地對電視圈抱怨——我自己很清楚。但那是**錯**的，問題出在**我們**。我一直在告訴妳這件事。妳為什麼駑鈍成那樣呢？」

「我並沒有駑鈍成怎樣，但你一直——」

「是**我們**。」卓依又重說了一次，壓過她的聲音，「我們才是怪胎，就這麼單純。那兩個混蛋早早就把我們照料得好好的，用怪胎的標準把我們變成了怪胎，就這麼單純。我們是刺青女，在其他人也都刺青之前，我們這輩子將無法享有一分鐘的平靜。」他的表情變得更猙獰了，而且程度不只是一些些。他把雪茄拿到嘴邊吸了一口，但它已經熄了。「除此之外，」他立刻說：「我們都有《聰明寶貝》情結，我們從來沒有真正離開那該死的節目，我們每一個都沒有。我們不說話，我們雄辯。我們不交談，我們闡述。至少**我**是這樣。只要我跟某人共處一室，而他的耳朵數量尋常，我就會化身為該死的**先知**，或一個人形帽針。討厭鬼王子。就舉**昨晚**為例吧。在聖里摩。我一直**祈禱**，希望赫斯不要把新劇本的劇情告訴我。我他媽的當然很清楚他**有**一份新劇本。我他媽的當然很清楚我離開這裡後，一定會帶著一份新劇本回家。但我一直不斷祈禱，希望他省下為我口頭**預演**的工夫。他不蠢，他**知**

道我不可能閉上我的大嘴巴。」卓依突然俐落地轉身，腳沒從窗邊座位上拿下來。他拿起或者說一把抓起他母親寫字桌上的一包火柴，轉過身去，面對窗戶後外頭的學校屋頂，再度把雪茄放到嘴裡——但又立刻拿了出來。「總之我去他的。」他說：「他蠢到令人心碎。他就跟電視圈的其他人一樣。也跟好萊塢，還有百老匯的人一樣。他認為感傷就是脆弱，野蠻就是寫實主義的片段。任何陷入身體暴力的橋段都是正當的高潮，對應於甚至不——」

「這你也告訴他了嗎？」

「我當然告訴他了！我剛才提到，我不可能閉上我的大嘴巴。我當然告訴他了，我害他坐在那裡，一心想死，或者希望我們其中一方死——我真希望死的是我。總之，那是個貨真價實的聖里摩退場。」卓依的腳從靠窗座位上挪了下來，轉身，看起來既緊繃又激動。他拉出母親寫字桌旁的直背椅，坐下，重新點燃雪茄，焦慮地弓起背，兩手都擺在櫻桃木桌面上。他母親拿來當紙鎮的一件東西立在墨水瓶旁：是一個小小的玻璃球，下方有個黑色塑膠底座，裡頭有個戴大禮帽的雪人。卓依拿起它，搖晃了一下，接著顯然就坐在那兒看雪花飛舞。

法蘭妮看著他，現在一隻手放在眼前遮光。卓依坐在照入屋內的最主要那片陽光之中。如果她要繼續望著他，也可以調整自己在沙發上的位置，但那樣就會打擾到她大腿上的布隆伯格，牠看來已經睡著了。「你真的得了潰瘍嗎？」她突然說：

「媽說你得了潰瘍。」

「對，我得了潰瘍，老天啊。現在是爭鬥時[16]，小妹，鐵器時代。超過十六歲而沒得潰瘍的人都是該死的間諜。」他又搖了一下雪球，這次更使勁。「好笑的是，」他說：「我喜歡赫斯這個人，或者說，至少他沒逼我吞下他貧乏的美學素養時，我是喜歡他的。至少他在那可怕、超保守、超講究規矩的瘋人院內，還會打那些嚇死人的領帶、穿可笑的墊肩西裝。我也喜歡他的自傲。他自傲過頭，根本是到了謙虛的程度了，那個瘋瘋癲癲的混蛋。我是說，他顯然認為電視圈是個夠好的環境，配得上他，值得他奉獻那假英勇又『偏離正軌』的大把才華——如果旁人願意好好思考，會發現他這樣根本謙虛到近乎瘋狂。」他盯著玻璃球，直到暴風雪減弱一些。「就某方面而言，我也喜歡勒沙吉。他擁有的一切都是頂級的——他的大衣、他的雙艙遊艇，他讀哈佛的兒子的成績，他的電刮鬍刀，一切。他有次帶我回家吃晚餐，結果在他家車道上要我止步，問我還記不記得『已逝的卡蘿・倫芭在電影裡的模樣』。他警告我，說我見到他的妻子會很震驚，因為兩人極為神似。我想這件事會讓我一直喜歡他，直到我死為止。結果他的妻子是一個看起來萬分疲憊、胸部豐滿、似乎有波斯血統的金髮女郎。」卓依突然回過頭去看法蘭妮，因為她說了一句話。「妳說什麼？」他問。

「好！」法蘭妮重述了一次——她神色蒼白，但笑容滿面，顯然也十分欣賞勒

16　印度教的時代單位為宇迦，爭鬥時為其中一個時代。

沙吉到她死的那天。

卓依沉默地抽了一會兒雪茄。「迪克・赫斯之所以讓我如此消沉，」他說：「之所以讓我難過，或震怒，或帶給我這種隨便怎麼稱呼都沒差的感受，是因為他寫給勒沙吉的第一個劇本還挺好的。事實上，幾乎可稱之為好了。那是我們一起拍的第一部電影──我想妳應該沒看過，妳那時在學校之類的。我飾演一個年輕的農夫，他一直跟父親生活在一起。這少年認為自己很討厭務農，也認為父親務農維生過得很淒慘，因此父親死後，他賣了所有牲畜，立下宏大的計畫，要到大都市去過活。」卓依再次拿起雪球，但這次沒搖它，只轉動它的底座。「有些部分很好。」他說：「賣掉所有的牛後，我還是會繼續到牧場去找牠們。動身前往大都市前，我和我的女朋友一起散步當作道別，而我還是不斷將她領往牧場所在的方向。後來我去了大都市，找到一份工作，閒暇時間都在養畜場亂晃。最後，在車流不絕的都市大街上，有輛車左轉，變成了一頭牛。我追上前去，剛好碰到號誌燈變換，被車撞上——衝動的下場。」他搖了一下雪球。「八成算是要邊看邊剪指甲也無妨的那種作品，但至少我彩排完不會想從片場溜回家。而且它有獨創性，沒追隨陳腐的劇本寫作潮流。真希望他滾回家重寫。真希望所有人都滾回家。我受夠了，我不想再當所有人生命中的反派角色了。上帝喔，妳真該看看赫斯和勒沙吉在談論新戲或任何新東西時的樣子。他們開心得像豬一樣，但我一到場就壞了氣氛。西摩很愛莊子，而我就像莊子要大家提防的那種沉悶的混蛋。『及至聖人，蹩躠為仁，踶跂為義，而天下始疑矣。』」他靜靜坐著，看著雪花飛旋。「有時我寧願躺下來死一死算了。」他說。

法蘭妮此時盯著陽光照亮的一小塊褪色地毯——就位於鋼琴附近，她的嘴唇顯然蠕動著。「你一定無法想像，你說的這一切有多好笑。」她說，嗓音帶著一絲細微的顫抖。卓依望向她。她沒搽半點口紅，這凸顯了她的臉色有多蒼白。「你說的一切，讓我想起自己在星期六試圖要對連恩說的所有事了，就在他開始酸我之後。

就在馬丁尼、蝸牛還有其他玩意兒的包圍下。我的意思是，困擾我們的不是同一件事，但是同一種事吧——而且我想，困擾我們的原因也相同。至少我聽起來是這樣。」就在這時，布隆伯格在她大腿上站了起來，開始轉圈，想找一個更舒服的睡覺姿勢，牠做這動作看起來比較像狗，而非貓。法蘭妮心不在焉，但又像個引路者般地將手輕輕放到牠背上，繼續說：「我甚至到了這樣的地步，我會對自己說，像瘋子般大聲地說：法蘭妮．格拉斯，只要我聽到妳再吐出一個挑剔、**吹毛求疵**、無建設性的字眼，我們就玩完了——徹底**玩完了**。有陣子我表現得還不差。至少將近一個月左右吧，不管誰做出學院氣很重，或很虛偽，或自大得驚天動地的發言，我起碼都可以默不作聲。我會去看電影，或一直泡在圖書館裡，或開始發狂似地寫復辟時期**喜劇**的報告之類的——但至少我有好一陣子可以沉浸在不用聽到自己聲音的**喜悅**中。」她搖搖頭：「後來，某天早上——轟，轟，我又開始了。我不知怎麼地，一整夜沒睡。八點有法國文學課，所以我最後就起床、更衣、煮了些咖啡，然後在校園裡閒晃。我**很想**騎腳踏車出去，騎一段長得可怕的路，但我怕大家聽到我將腳踏車牽離支架的聲音——我總是會**弄掉**東西，於是我就去了文學院大樓，**坐**在那裡。我**坐**啊坐，最後站了起來，開始在黑板上默寫愛比克泰德，東寫西寫，寫到整個黑板都滿了——我不知道我**記得**那麼多。後來我擦掉了，趕在其他人進教室前。謝天謝地！不過這是一個很幼稚的行為，愛比克泰德一定很**痛恨**我這麼做，但是……」法蘭妮猶豫了一下，「該怎麼說呢，我猜我只是想看某個**很棒**的名字出現在黑板上。總之，在那之後我又開始嫌東嫌西了，整天都在挑剔。我挑**法隆**教授的毛病，我和**連恩**講電話時挑他毛病，我挑**塔珀**教授毛病。情況愈來愈糟，我甚至開始嫌棄我的室友。喔，上帝啊，可憐的小貝！我都注意到了，她開始會用別有深意的眼神看我，彷彿希望我決定搬出去，讓一個還算好相處的普通人住進來，還她一點清靜。事情實在太糟了！最糟的是，我**知道**我這樣有多惹人厭。我**知道**我害別人沮喪，甚至還傷害了他們的**感情**——但我就是停不下來！我就是**無法停止**挑剔。」

她看起來心不在焉，而且程度並不輕微，暫時住嘴的時間剛好夠她將布隆伯格那晃來晃去的下半身往下壓。「不過教室裡還是最糟的。」她堅定地說：「事情是這樣的，我心中形成了一個想法——而且我無法排除掉它，那就是大學只不過是又一個**愚蠢**、**喪失理智**的地方，跟世間其他地方一樣，目的就是為了累積地上的財富之類的。看在老天的分上，財富就是**財富**啊，它是金錢、所有物，或甚至文化，或就只是純粹的知識，有什麼差別呢？它們在我看來完全一模一樣，如果你拆掉包裝來看的話——而我現在還是這樣想！有時候我認為知識……總之我說的是『為知識而知識』的那一種，那是最糟的。肯定也是最無可饒恕的。」法蘭妮單手將一綹頭髮往後推，動作緊張，而且其實沒必要。「如果大學裡偶爾至少有一點點禮貌性、**敷衍性**的暗示，暗示大家知識**應該**要通往**智慧**，**沒有**的話就只是噁心的虛擲光陰——我想我不會那麼沮喪。但我從來沒看到這種跡象！你永遠不會在學校裡聽到誰**提**示你：『智慧**應該**是知識的**終點**。』你甚至可能根本不會聽到有誰提起『智慧』這個字眼！想聽我說件好笑的事嗎？想聽我說說真正好笑的事嗎？我讀大學將近四年了……我接下來要說的絕對**屬實**——在這將近四年的大學時光，我記得我只**聽**別人用過『智者』這詞一次，那是在我大一的時候，在政治學課！你知道他們怎麼用這個詞嗎？他們用這個詞指稱一個體面的、又老又臭的資深政治家，他投資股票市場賺了一大筆錢，然後跑去華盛頓當羅斯福總統的顧問。我現在說的都是**真的**！大學四年，都快念完了！並不是**每個人**都像我這樣，但我一想到這件事就**沮喪**到想去死。」她打住，顯然又開始全心全意地伺候布隆伯格了。她的嘴唇現在也只比臉龐多一丁點血色，上頭同時帶著龜裂，隱隱約約的。

卓依的眼睛看著她，而且是從剛才就一直看著。「我想問妳一件事，法蘭妮。」他突然說，並再度回頭面對寫作桌的桌面，皺起眉頭，搖晃雪球。「妳認為妳念耶穌禱文是為了什麼？」他問。「這是昨晚在妳叫我滾開之前，我試圖想跟妳聊的事。妳提到囤積財富——金錢、地產、文化、知識，還有其他林林總總。而妳付諸行動，開始誦念耶穌禱文——現在讓我把話說完，拜託。妳付諸行動，開始誦念耶穌禱文，難道就不是一種累積財富？那種財富難道不是跟其他更有形的財富一樣，徹頭徹尾可以轉讓嗎？還是說，它是禱告文，所以就跟其他事物有差別？我的意思是，在這世上，對妳而言，人在哪一側累積財富有差別嗎？在這一側，或者那一側——小偷無法闖入的那一側，等等的。那會製造出差別嗎？等我一下——等我說完就好，拜託。」他坐看玻璃球中的微小暴風雪，看了好幾秒，然後說：「老實說，妳付諸行動、開始誦念禱文這件事，蘊含了某種令我毛骨悚然的成分。妳以為我是要來阻止妳的，而我不知道我是或不是——這有該死的討論空間，但我會希望妳為我做出澄清，讓我知道妳該死的動機到底是什麼。」他猶豫了一下，但時間沒長到給法蘭妮插嘴的餘地。「基於簡單的邏輯，我看不出任何差異，我不認為貪求物質財富的人——甚至追求智性財富的人，和渴求靈性財富的人有分別。就像妳說的，財富就只是財富啊，去他的。而在我看來，歷史上有九成的厭世聖人，基本上就跟我們其他人一樣**貪婪**、醜態百出。」

法蘭妮用她最冷淡的語氣說話，嗓音微微顫抖，「卓依，我現在可以插嘴了嗎？」

卓依放下雪球，拿起鉛筆把玩。「是，可以了，妳說吧。」他說。

「你說的這些我都**明白**。你說的這些，沒有一件事是我自己沒想到的。你的意思是，我誦念耶穌禱文是因為我**有所求**——因此我和那些想要**貂皮大衣**，或想要**成名**，或全身上下散發狂放**威望**的那些人一樣貪婪，這是你的措詞。那些我都明白！老天啊，你以為我有多低能？」她嗓音中的顫抖加劇了，現在幾乎變成了口吃。

「好，好，放輕鬆，放輕鬆。」

「我**沒辦法**放輕鬆！你讓我氣炸了！你以為我為什麼要待在這瘋狂的房間裡——體重瘋了似地下降，愚蠢到家地讓貝西和列斯操心，惹全家人不爽等等？你難道不覺得我還有一丁點理智，還懂得為自己誦念耶穌禱文的動機**煩惱**嗎？我的動機正是令我苦惱之處。我對我想要的東西挑剔——在這情況下，我要的是啟蒙或平靜，而不是金錢、威望或名氣之類的，但那不代表我跟其他人一樣自我中心、追求私利。要我說的話，我甚至比他們更自私！我不需要大名鼎鼎的卓克瑞・格拉斯來點醒我。」她的嗓子顯然岔了調，接著她又開始對布隆伯格獻殷勤了。她的眼淚可能快流了出來，甚至可能要奪眶而出。

寫字桌前的卓依重壓著鉛筆。前方有一小片吸墨紙，他正在把廣告欄位裡的字母「o」一一塗黑。他持續了一陣子，然後將鉛筆甩向墨水瓶。雪茄放在一個銅製菸灰缸邊緣，他將它拿起來。長度只剩兩英寸了，但它仍燃燒著。他吸了一大口，彷彿它在另一個無氧氣世界是人工呼吸機。接著，他再度望向法蘭妮，幾乎是在強迫自己這麼做。「妳要不要我今晚試著聯絡巴迪，妳和他講個電話？」他問：「我認為妳應該要找人談談——我該死地不擅長這個。」他等待著，堅定地望著她。「法蘭妮，妳覺得呢？」

法蘭妮低著頭，似乎在尋找布隆伯格身上的跳蚤，手指忙著撥弄一簇簇毛。事實上，她哭了，但可說是哭得很符合當地民情；只流淚，不出聲。卓依看著她整整一分鐘左右，然後又開口了。語氣並不算和善，但也沒有強求的意思。「法蘭妮，妳覺得呢？我該試著找巴迪和妳講電話嗎？」

她搖搖頭，沒抬起頭來，繼續尋找著跳蚤。後來，一段時間過去了，她回覆了卓依的問題，但用的是聽不太到的音量。

「什麼？」卓依問。

法蘭妮又重述了一次。「我想和西摩談。」她說。

卓依盯著她看了一會兒，基本上是面無表情——唯一的例外是，他偏長、愛爾蘭人特徵十足的嘴唇上結了一排汗珠。接著他突然又轉過頭去，繼續填黑那些「o」了，突兀是他的個人特色。不過他幾乎立刻就放下了鉛筆，從寫字桌前起身（動作相當慢，以他而言算慢），帶著一小截雪茄回到窗邊座位，重新採取他單腳踩住椅面的姿勢。若是更高、腿更長的男子（比方說他的任何一位兄長）來抬腿、伸展肌肉，也許會更輕鬆。不過卓依抬起腳後給人的印象，是維持姿勢不變的舞者。

他起先斷續，接著直截地，將注意力放到對街的小劇場上，那場面比自己所在位置低了五樓，正崇高地被演示出來，未受劇作家、導演、製作人阻礙。私立女校前方有一棵相當大的楓樹（僥倖扎根於那側的樹有四、五棵，而那是其一），當時有個七、八歲的女童躲在它後方。她穿著一件海軍藍雙排釦上衣，戴著一頂蘇格蘭圓扁帽，顏色十分接近梵谷那幅亞爾家床上的毯子的紅色調。事實上，從卓依所在的觀察位置望去，圓扁帽有那麼點像一抹顏料，這不容否認。距離那孩子大約十五英尺外，她的狗正一面嗅聞一面尋找著她。那是一頭小臘腸狗，身上套著皮項圈和牽繩，匆忙地兜著圈子，而繩子在身後拖地。牠幾乎無法承受分離的痛苦，在千鈞一髮之際終於聞到了女主人的氣味。重逢的喜悅對兩人而言都是巨大的。臘腸狗發出小小的吠叫，縮起身子前進，跳著狂喜的狐步舞，最後女主人對牠喊了什麼，匆匆跨過楓樹周圍的鐵絲網，抱起牠。她說了幾句話稱讚牠，使用的是這場遊戲的私密語言，接著她放下牠，牽起繩子，和牠一起歡快地往西走，走向第五大道和中央公園，消失在卓依的視線之外。卓依下意識地將手放到玻璃間的橫木上，彷彿打算拉開窗子，探出身體，目送他們離開。然而，那隻手拿著雪茄，而且他多遲疑了一秒。他吸了一口雪茄。「真該死。」他說：「世界上明明就有美好的事物——我是說真的很**美好**的事物。我們都是蠢蛋，蠢到嚴重地脫離正軌。我們總是不斷、不斷、不斷把各種爛事連結到我們卑鄙又渺小的自我。」這時，在他身後，法蘭妮自然而放縱地擤著鼻子。那聲響意外地大，你無法想像那個巧緻的器官會發出那麼大的聲音。卓依轉過頭去看她，表情多少帶著譴責意味。

法蘭妮看著他，手忙著揉捏幾張面紙。「呃，**抱歉**。」她說：「我不能擤鼻涕嗎？」

「妳好了嗎？」

「對，我好了！天啊，這個家是怎麼回事。擤鼻子還得冒生命危險。」

卓依轉頭回去看窗戶。他抽了幾口雪茄，視線循著校舍水泥塊排成的圖案移動。「巴迪在幾年前曾對我說過相當有道理的話。」他說：「要是我能想起來就好了。」他猶豫了一下。而法蘭妮望向他，儘管她還在忙著搗弄她的面紙。每當卓依想不起某件事時，他猶豫的模樣必定會激起所有兄弟姊妹的興趣，對他們來說那甚至有些娛樂價值。他的猶豫幾乎總是虛有其表。他當《聰明寶貝》固定班底那五年無疑形塑了他，而大多數時候，他猶豫的神態就像是從那時期直接沿用至今。當時他不願誇耀自己有點反常的能力，那就是他深感興趣地讀過、甚或聽過的字句幾乎都能立刻重述，而且通常一字不差，於是他養成了一種習慣，就是深鎖眉頭、表現出拖延時間的模樣，有如節目上的其他孩子。他現在就是眉頭深鎖的樣子，但他說話的速度比平常碰到類似情形時快，彷彿感覺到法蘭妮——他的猜謎節目老戰友——已逮到他在裝神弄鬼。「他說一個男人應該要能辦到這些事：躺在山腳，任憑鮮血從喉嚨上的切口流出，緩緩死去。如果有年輕女子或老女人在頭上擺著一只美麗的水罐，完美地保持平衡，從他身旁經過，他應該要能以單手撐起身體，目送那水罐平安越過山丘。」他思索了一下，輕輕哼了一聲。「我真想看他那麼做，好個混蛋。」他抽了一口雪茄。「這家裡的每個人都有自己該死的宗教信仰，裹在不同的包裝裡。」他評論，嗓音中顯然沒有任何敬畏。「華特的很有熱度。我們這家人當中，華特和布布對宗教性哲學是最熱切的。」他吸了一口雪茄，彷彿是因為他明明不想卻被逗樂了，而他這麼做是要抵銷掉那種反應。「華特曾經對韋克說，我們這家人肯定是在過去幾世輪迴中造了**天殺的**一堆惡業。他，我是說華特，有個理論是這樣的：宗教性的生活以及伴隨而來的苦惱，不過是上帝嘔到人身上的，誰叫那些人膽敢指控祂創造了一個醜陋的世界。」

沙發那裡傳來竊笑，表達了觀眾的欣賞度。「我從沒聽過呢。」法蘭妮說：

「布布抱持的宗教性哲學是什麼？我以為她根本就沒有。」

卓依沉默了一會兒，然後說：「布布？布布深信世界是亞許先生創造的，她是從法蘭西斯．科爾沃特[17]的『日記』得到的觀念。有人問科爾沃特那區學童世界的創造者是誰，其中一個小孩回答：『亞許先生。』」

法蘭妮很開心，而且旁人聽得出她的開心。卓依轉頭看到，然後（這陰晴不定的年輕人）露出非常陰鬱的表情，彷彿他突然棄絕了各種形式的輕浮，所有的輕浮。他的腳從窗邊座位放下來，手將雪茄放到寫字桌的銅製菸灰缸邊緣，遠離窗戶。他緩慢地穿過房間，雙手插在褲子後方的口袋，不過並非漫無目的地遊走。「我該滾出門了，我跟人約了要吃午餐。」他說，並倏地彎下腰去，悠哉地以主人的目光檢視魚缸內側。他用指甲糾纏不清地敲著玻璃。「我不過轉身五分鐘，各位就讓我的黑花鱂死光啦。我當初應該帶牠們去大學的，我早就料到了。」

「喔，卓依，這幾句話你已經說了五年，為什麼不去買幾隻新魚？」

他繼續敲著玻璃。「你們這些不知天高地厚的臭大學生，全都一個樣，脾氣硬得像石頭。那些不是普通的黑花鱂，小妹。我們曾經非常親近。」說著說著，他再度躺到地毯上，纖瘦的身體在一九三二年的Stromberg-Carlson桌上型收音機和裝滿書的楓木雜誌架之間卡得頗緊。法蘭妮又只看得到他的鞋底和腳跟了。然而他躺下去才一眨眼的工夫，突然又坐起身來，姿勢筆挺，他的頭和肩膀倏地晃入她的視野中，宛如突然從衣櫃中掉出來的屍體，帶著駭人的喜劇效果。「祈禱文仍持續著，是吧？」他說。接著他又倒到她的視線外了。他靜靜地躺了一會兒，然後用重到幾乎無法辨識的倫敦上流社交圈口音說：「格拉斯小姐，如果您有時間的話，請借步說幾句話。」來自沙發那頭的回應是沉默，無疑地散發出不祥的沉默。「妳想誦念禱文的話就念吧，想跟布隆伯格玩或想抽菸都請便，但妳可以安靜個整整五分鐘別

17　英國牧師，他的日記於他死後五十年出版，反映了一八七〇年代的鄉間生活。「亞許」是其外婆家族的姓氏。

中斷嗎?小妹。如果可能的話,**也請妳別流一滴淚**,可以嗎?聽到了嗎?」

法蘭妮並沒有立刻回答,阿富汗毛毯下方的雙腳縮了起來,同時也多少將睡夢中的布隆伯格拉得離自己更近了些。「我聽到了。」她說,並進一步內縮雙腳,彷彿一座堡壘在圍城行動中收起了橋梁。她遲疑了一下,然後又開口了。「只要不罵人,你想說什麼都可以。我今天早上不想接受你的鍛鍊,我是認真的。」

「不是鍛鍊,沒人要鍛鍊妳,小妹。如果要我說一個我不曾有的特質,那就是咄咄逼人。」說話者的雙手客氣地交疊於胸前。「喔,有時候會有點**刻薄**啦,對,我承認,在情況允許的時候。咄咄逼人?我從來不會那樣。我個人一向信奉北風與太陽的——」

「我現在是很**認真的**,卓依。」法蘭妮多少算是在對他的粗皮鞋說話。「順帶一提,我希望你坐起來。我覺得很**奇怪**,每次有東西見鬼地鬆脫,都是掉在你躺的地方,每次有狀況時在場的人都是你。好了啦,拜託你坐起來。」

卓依閉上眼睛。「幸好我知道妳不是認真說的，不是發自內心。我們都知道，我們的內心深處都知道，這整棟該死的鬼屋裡，只有這裡是一個聖地。這裡**剛好**是我以前養兔子的地方。牠們是聖人，兩隻都是。事實上，牠們是唯一信奉獨身主義的兔子，在——」

「喔，閉嘴！」法蘭妮神經質地說：「你想**開始**鬧就鬧啊。我只要求你試著稍微**圓融**一點，考量我現在的感受——就這樣而已。你絕對是我這輩子見過最不得體的人。」

「不得體！**我從來不會**。若說直言不諱，我是。性子剛烈，我是。**精神抖擻**、**樂觀**，也許吧，可能過了頭。但從來沒有人——」

「我就要說你**不得體！**」法蘭妮壓過他的聲音。怒氣十足，但還是得提防自己表現出被逗樂的樣子。「你改天生個病，然後去探望你自己看看吧，你就會知道自己有多不得體了！我**這輩子**認識的人當中，就屬你最不適合陪伴情緒失常者。就算有人只是感冒痊癒，你知道你會對他做出什麼事嗎？你每次遇到他們都會露出嫌惡的表情。你絕對是我見過最**缺乏同情心**的人，你是！」

「好好好。」卓依說，眼睛仍閉著，「沒有人是完美的，小妹。」毫不費力地，他放輕、壓尖自己的聲音（而不是用假音），學母親做出警告，這模仿對法蘭妮來說既熟悉又寫實，「小姐，人常會在**氣頭上**說一些**違心之論**，而且是隔天就會感到**歉疚**的那種。」接著，他立刻皺眉，睜開眼睛，瞪著天花板看了好幾秒。「首先，」他說：「我認為呢，妳以為我打算把禱文從妳身邊奪走之類的。我沒有，我沒要那樣。妳下半輩子要躺在那沙發上背誦**憲法**序言，我也沒差，但我想做的**是**——」

「鬧得漂亮，真是太**漂亮**了。」

「妳說什麼？」

「喔，閉嘴。你繼續啊，**繼續**啊。」

「我打算說的是，我完全不反對禱文。不論妳怎麼想。妳不是**第一個**想到要念它的人，妳要知道。我曾經跑遍全紐約的軍事用品店，想找一個體面的、朝聖者型的帆布背包。我打算在裡面裝滿麵包屑，然後走遍該死的全國。誦念禱文，傳揚主道。做一整套。」卓依遲疑了一下。「看在上帝的分上，我提這件事不只是要讓妳知道，我也曾是個跟妳一樣情緒不穩定的年輕人。」

「那你為什麼**要**提？」

「為什麼要提？我提是因為我有幾件事想告訴妳，而我可能不夠格說這些。因為我自己也曾經有誦念禱文的強烈欲望，但沒有付諸實行。就我所知，我可能有點嫉妒妳真的去做了。事實上，可能性很高。首先，我是個爛演員，我也許萬分抗拒扮演瑪爾大，而讓別人扮演瑪利亞。天殺的誰知道呢？」

法蘭妮並沒有選擇回應他，不過她將布隆伯格拉得更近了一些，然後給牠一個古怪、曖昧的小擁抱。接著她望向她哥的方向說：「你真是個淘氣鬼，你知道嗎？」

「先別稱讚我吧，小妹——妳可能會活到把話收回去的那一天。我還是要告訴妳，我對妳做這件事有什麼不欣賞的地方。不論我夠格與否。」這時，卓依茫然地盯著灰泥天花板看了十秒左右，然後又閉上了眼睛。「首先，」他說：「我不喜歡這種高貴女子式的例行工作。讓我把話說完。先讓我把話說完。我知道妳的崩潰完全合乎情理，那些有的沒的我知道。我也不認為妳是**裝**的——我的意思不是那樣。還有，我也不認為那是妳潛意識在尋求**同情**，或什麼其他類似的行動。但我還是要說，我不喜歡妳那麼做。那樣對貝西很粗暴，對列斯也很粗暴——妳也許不知道自己已經開始散發出假虔誠的味道了。我的老天，世上才沒有哪個宗教的祈禱者會去批評虔誠。我不是說妳**確實**假虔誠——坐好別動，我**是**要說妳的歇斯底里讓場面難看得要命。」

「你說完了嗎？」法蘭妮說，坐姿明顯前傾，嗓音又開始顫抖了。

「好啦，法蘭妮，先別那樣，妳說妳會聽我把話說完的。我想我已經說完最糟的部分了，我只是試圖要告訴妳……不是**試圖**，是篤定地要告訴妳，這樣對貝西和列斯太不公平了，這對他們而言太**糟糕**了——妳也心知肚明。妳知道嗎？列斯昨晚睡覺前堅持想拿顆**橘子**給妳呀，真該死。天啊，貝西連故事裡出現橘子都受不了了。老天，**我**也受不了啊。如果妳非要這樣崩潰下去，我希望妳回大學去搞，在那裡，妳不是家裡的小寶貝，那也不會有人拚了命想拿顆橘子給妳，我的天。在那裡，妳也沒把該死的踢踏舞鞋收在衣櫃裡。」

這時，法蘭妮不聲不響地將手伸向大理石咖啡桌上的盒裝面紙。

卓依此刻心不在焉地盯著灰泥天花板上的沙士污漬，那是他十九或二十年前用水槍造成的。「另一件令我憂心的事，」他說：「也不動聽，但我快說完了，可以的話請妳再撐一下。我一**點也**不喜歡妳在大學經營的殉道者式的苦行私生活——妳自大、自以為的聖戰，對象是所有人。我的意思不是妳想的那樣，請妳試著不要打斷我一秒鐘。在我看來，妳主要的抨擊對象是高等教育體系。先不要**撲**過來——妳的想法，我大都同意，但我痛恨妳對那個體系做出的地毯式轟炸。在這件事上，我們的想法有百分之九十八左右是契合的，但妳另外那百分之二嚇得我半死啊。我在大學遇過一個教授，他和妳描述的狀況完全不符——只有他一個，我向妳保證，但他非常、非常了不起。他並不是愛比克泰德，但他也不是什麼自大狂，不是學院裡的迷人男孩。他是一個偉大而謙遜的學者。還不僅如此，我印象中從未聽過他發表不含任何一丁點大智慧的言論，不論是在課堂上與否——有時還不是一丁點，而是豐沛的大智慧。當妳發動妳的革命時，他會有什麼下場？我沒有辦法思考下去——我們換個該死的話題吧。妳怒罵的其他人又是另外一回事了。那個塔珀教授，還有妳昨晚提起的那兩個呆頭鵝——曼里烏斯和另一個傢伙。我見過好幾打這種人，大家都見過，我也同意他們並非無害的存在。事實上，他們致命到了極點。萬能的上帝啊，他們碰觸到的一切都變成學術性的、無用的，或甚至更糟——邪教性的。每年六月都有拿到學位但不學無術的大批蠢蛋被野放出來，對我而言，這筆帳應該要算在那些爛教授頭上。」這時卓依仍然看著天花板，他同時蹙眉，搖了搖頭。「但我不欣賞的是……事實上，我認為西摩或巴迪**也**不會欣賞的是，妳談論這些人的方式。我的意思是，妳不只痛恨這些人代表的意義——妳痛恨他們本身。該死的那太針對個人了，法蘭妮。我是認真的。比方說，當妳談論那個塔珀時，妳眼中真的閃著想要殺人的念頭。什麼他進教室前會到男廁撥亂自己的頭髮，還有其他有的沒的。他八成真的會那麼做——那行為跟妳描述的其他特質搭得起來，但那**不關妳的事**，小妹，他愛怎麼弄他的頭髮都行。就某方面來說，妳認為他故作姿態很好笑，倒也無妨。又或者，妳要可憐他也行，他竟然缺乏安全感到這種地步，非得為自己增添可悲、該死的魅力。但當**妳**在向我訴說時……我沒在開玩笑喔，妳講得好像他的頭髮跟妳有深仇大恨。那樣**不對**——妳自己也知道。如果妳要向體系開戰，妳的開火方式就該像個知性的好女孩——因為敵人就在**那裡**，妳討厭他們的髮型或該死的領帶，不是他們成為妳敵人的原因。」

沉默持續了一分鐘左右，打斷它的只有法蘭妮擤鼻子的聲音——放縱、拉得老長、「堵塞性的」鼻息，顯示病患已感冒鼻塞了四天。

「那跟我得的該死的潰瘍完全一樣。妳知道我為什麼會得病嗎？妳知道當中至少九成的原因是什麼嗎？當我的思慮不夠周到時，我對電視圈以及各種事的想法會變得很針對個人。我會幹出跟妳一模一樣的事，只是我年紀比較大，知道罷手才是更好的。」卓依停頓了一下。視線鎖定著沙士的他，用鼻子深吸了一口氣。他的手指仍交扣在胸前。「我要說的最後一件事，」他突然說：「八成會掀起風暴，但我還是不得不說。這是最重要的一件事。」他彷彿向天花板的灰泥諮詢了一下，才閉上眼睛。「我不知道妳記不記得，但我記得某次在這裡，小妹，妳發動了小小的叛教行動，背離《新約．聖經》，吵到方圓幾英里都聽得到。當時所有人都該死地從軍去了，於是由我聽妳大吐苦水。妳記得嗎？忘得一乾二淨了嗎？」

「我那時才十歲！」法蘭妮說——鼻音很重，散發出相當程度的凶險。

「我知道妳那時幾歲，我清楚得很。好啦，我提這個不是想反咬妳一口——我的天啊。我提這件事有很好的理由。因為我覺得妳小時候不太了解耶穌，現在似乎也是。我認為在妳心中，祂和其他五到十個宗教人物全都混在一起了，除非妳分清楚誰是誰、什麼歸什麼，否則我不認為妳能繼續誦念禱文。妳還記得妳的小小叛教行動是因什麼而起嗎？……法蘭妮？妳記得，還是忘了？」

他沒得到回應，只聽到相當暴力的擤鼻涕聲。

「呃，我記得，很巧。〈馬太福音〉，第六章。我記得一清二楚，小妹。我甚至記得我當時在哪裡。我在房間裡幫我該死的曲棍球棍纏防滑膠帶，而妳砰一聲地闖進來——大呼小叫，手裡拿著一本敞開的《聖經》。妳不再喜歡耶穌了，妳想知道妳能不能打電話到軍營找西摩，告訴他這件事。妳知道妳那時為什麼不喜歡耶穌了嗎？我告訴妳。因為，一，妳不贊成他跑到猶太教徒的聚會去，翻人家的桌子、亂扔那些偶像。那很粗暴，很沒有必要。妳很確定所羅門王或其他人不會那樣做。另一個妳不贊同的是——妳當時將《聖經》翻到那一頁，上頭寫著：『你們看那天上的飛鳥，也不種，也不收，也不積蓄在倉裡，你們的天父尚且養活牠。』那段沒問題，很棒，你贊同。但是，耶穌用同一口氣把話說完了。『你們不比飛鳥貴重得多嗎？』哎呀，小法蘭妮就在這裡氣炸了。小法蘭妮因此抛下《聖經》，投向佛陀，因為祂不會歧視那些飛鳥，不會歧視那些甜蜜、可愛的小雞，還有我們曾養在湖裡的鵝。別跟我說妳當時才十歲，妳的年紀跟我要談的事情沒有關聯。就那方面而言，十歲到二十歲間不會有什麼重大改變——或者十歲到八十歲也一樣。耶穌做了、說了那些據傳他做過的事、說過的話，妳愛祂的程度理應會更深，但妳卻還是無法——這點妳心知肚明。妳天生無法喜愛或理解任何會翻人家桌子的神子。還有，宣稱人類對神而言比柔軟、無助的復活節小雞還要珍貴的神子，妳也無法欣賞或理解；他是說任何人類，連塔珀教授也包含在內。」

法蘭妮現在正面面對著卓依話聲的源頭，坐姿筆挺，單手握著一整團面紙。布隆伯格已不在她腿上了。「我猜你**就能**喜歡和理解那樣的神子。」她說，聲音尖銳。

「**我**能不能無關緊要。不過呢，對，事實上我能。不管有意識或沒意識，我並不會想，至少我也從未試圖把耶穌當成亞西西的方濟各，把他變成『更容易去愛』的對象──基督教世界裡有百分之九十八的人總是堅持這麼做。我不是要說我值得嘉許。我只是剛好不受亞西西的方濟各那一型的人吸引，但**妳會**。而在我看來，那正是妳經歷這小崩潰的原因之一，也是導致妳在家裡崩潰的主因。這地方是為妳量身打造的。服務周到，陰晴不定的遊魂充足。還有哪裡比這邊更具便利性？妳大可在這邊誦念禱文，把耶穌、聖方濟、西摩、海蒂的爺爺全混在一塊。」卓依打住了，聲音只停了短短一小段時間。「妳看不出來嗎？妳**看**不出自己看待事物的方式有多曖昧、多草率嗎？我的老天啊，妳這人一點低劣的成分都沒有，此時卻深陷於低劣的思考之中。不只妳誦念禱文的方式有三流**宗教**味，連妳崩潰的方式都是三流的。我見識過幾次真正的崩潰，那些人根本不會特地挑選地點去──」

「別說了，卓依！別再說就是了！」法蘭妮啜泣著說。

「我會的，再給我一分鐘，再一分鐘就好。我順便問一下，妳崩潰的原因是什麼？我的意思是，如果妳有辦法用上所有力量癱在那裡，妳為什麼不能保持正常去忙妳的事？好，所以說我現在在無理取鬧，我現在非常地無理取鬧。但是，我的天啊，我天生就缺乏耐性，妳卻如此挑戰我的耐性！妳環顧大學校園，環顧這世界、政治、看了一季夏季公演的戲、聽糊塗大學生的對話，然後認定一切都是自負、自負、自負，而一個女孩唯一該採取的聰明行為就是躺在那裡念耶穌禱文，求上帝給她一點神祕體驗，讓她舒坦、開心。」

法蘭妮尖叫，「可以拜託你閉嘴嗎？」

「再一下就好，再一下。妳一直提到『自負』。我的天啊，誰自負或不自負要由耶穌基督本人來認定。這是上帝創造的宇宙，小妹，不是妳創造的。誰自負或誰不自負的最終定奪權在祂手上。妳把妳熱愛的愛比克泰德放哪去了？艾蜜莉·狄瑾蓀呢？妳希望妳的艾蜜莉詩興泉湧時只坐下來念禱文，直到她齷齪的、自我中心的衝動離她而去？**不**，妳當然不希望！但妳卻希望塔珀教授移除掉自我。那不一樣。也許不一樣，也許確實不一樣。但妳還是不要指著『自我』大呼小叫。也許妳會想知道，我個人的看法是這樣的：世界上有超過一半的惹人厭的狀況，是因為大家不運用他們真正的自我才激發出來的。舉妳的塔珀教授為例吧。總之根據妳對他的描述，我敢打賭一件事。妳以為他在運用的自我，根本不是他的自我，而是更為骯髒、更不**基本**的機能。我的老天啊，妳在學校裡也待得夠久了，應該要知道各種實情才是。妳抓一個不適任的學校教師來看看啊——或者抓一個大學教授也說得通，妳有一半的機率會發現對方是一流的汽車技師或該死的**石匠**，只是被擺在錯誤的地方。舉勒沙吉——我的朋友、我的老闆、我的麥迪遜大道玫瑰為例吧。妳以為是他的自我讓他進了電視圈嗎？是才有鬼！他已經**沒有**自我了——就算他曾經有吧。他把自我切割成**嗜好**了。就我所知，他至少有三個嗜好，全都跟他家地下室那個巨大、耗資萬元的工作室有關，裡頭裝滿各種電動工具、老虎鉗，還有其他天知道是什麼的玩意兒。運用自我的人、以真實自我示人的人，根本沒有任何**時間**可以發展該死的嗜好。」卓依突然打住了。他仍躺在地上，雙眼閉著，十指交扣，放在胸前，他的襯衫正面，而且扣得相當緊。不過他此時刻意擠出痛苦的表情——顯然是一種自我批判的形式。「**嗜好**，」他說：「我要怎麼做才能熱中於**嗜好**呢？」他靜靜地躺了一會兒。

法蘭妮的啜泣聲成為房間內唯一的聲響，那聲音已不再被緞面抱枕悶掉部分細節。布隆伯格此時坐在鋼琴下方，在陽光的孤島上洗著臉，畫面相當詩情畫意。

「我永遠是反派角色。」卓依的語氣有點太平鋪直敘了。「不管我說什麼，聽起來都像是在侵蝕妳誦念耶穌禱文的基礎。但我**並沒有**，真該死。我反對的只有妳運用它的方式、方法、地點。我希望有人能說服我——我**期盼**有人能說服我，說妳並沒有把禱文當成一種替代品，取代妳生命中某種責任，或只是每日的本分。不過更糟的是，我看不出來……我向上帝發誓，我真的看不出來妳要如何向耶穌禱告，向一個妳甚至不理解的對象禱告。而真正不可原諒的是什麼呢？考慮到妳被灌食的宗教哲學的量跟我不相上下，真正不可原諒的，是妳沒試圖去理解他。如果妳是個非常單純的人，像是那個朝聖者，或是一個該死的絕望者，那還情有可原──但妳並不單純，小妹，妳也不是該死的絕望者。」就在這時，仍閉著眼的卓依抿了一下嘴唇，這是他躺下後第一次抿嘴──順帶一提，這跟他母親的習慣簡直如出一轍。「我的老天啊，法蘭妮。」他說：「如果妳要誦念基督禱文，起碼向耶穌誦念吧，不要對那個聖方濟、西摩、海蒂的爺爺的綜合體禱告。誦念時，把祂放在心上，只想著他，想著真正的祂，而不是妳希望的那個祂。妳不面對任何事實，妳這不面對事實的該死態度，才是妳內心一片混亂的首要原因，而那態度不可能讓妳脫離混亂。」

卓依突然用雙手蓋住他此刻已相當潮溼的臉頰，放了一瞬間後又挪開。他的雙手重新盤到胸前。他的說話聲又恢復了，近乎完美的健談語調。「難倒我，真正難倒我的部分是：我不懂為什麼會有人想向外表、說話方式跟《新約．聖經》的描述有所出入的耶穌禱告，哪怕只是一丁點差異——除非禱告者是小孩，或天使，或像那個朝聖者的幸運蠢蛋。我的天啊！祂不過是《聖經》裡最聰明的人罷了，就只是這樣啊！祂跟哪個人相比不是高出一截？妳講得出**誰**嗎？《舊約．聖經》和《新約．聖經》裡都充滿博學者、預言家、門徒、受寵愛的**兒子們**，有一大堆所羅門王、以賽亞、大衛、保羅——但是，我的天啊，有誰真的比耶穌搞得清楚狀況？**沒有**。摩西沒有，別跟我說摩西。他是個好人，他和上帝的聯繫很美，等等的，但這正是重點所在。他還得去保持聯繫。耶穌明白我們跟上帝之間沒有分離。」卓依雙手拍在一塊——只拍了一下，聲音不響亮，而且很可能是不由自主的行為。他的雙手幾乎在拍手聲傳出前就重新交疊到胸前了，可以這麼說。「喔，我的天啊，多麼強大的心靈！」他說：「再打個比方，除了祂，還有誰會在彼拉多要求解釋時選擇閉嘴不語？所羅門王不會，別說所羅門王。他在這種情況下會說幾句簡潔有力的話。我不確定**蘇格拉底**在同樣的情況下會不會閉嘴。克力同或某人會設法把他拖到一旁，拖夠久的時間，好記下一些精雕細琢的句子，流傳後世。但最重要的，重要性高過一切的是：在《聖經》中，除了耶穌，有誰知道——**知道**我們與天國同在，知道它就在我們**心中**？在那裡，我們全都該死地愚蠢、感傷、缺乏想像力到慘不忍睹。妳得**是**神之子才會知道那樣的事。妳為什麼沒想到這些？我是**認真**的，法蘭妮，我很嚴肅。當妳不把耶穌當作耶穌看待，誦念禱文就完全失去了意義。如果妳不了解耶穌，就不可能了解他的禱文——妳完全沒誦念到禱文，只是誦念了某種經過組織的行話。上帝作證，耶穌是一個至高**能手**，肩負一項重要到不行的任務。他不是聖方濟，沒有足夠的時間可以草草編寫一些聖歌，或向**小鳥**傳教，或做出任何貼近法蘭妮．格拉斯內心的討喜行為。我現在很認真在對妳說啊，該死。妳怎麼會漏看這個？如果上帝希望執行《新約．聖經》任務的人具備聖方濟那種始終迷人的特質，那祂早就挑選那種人了，我可以保證。在某種程度上，祂挑選的是所有選項中最棒、最聰明、最充滿愛、最不感傷、最無法模仿的大師。當妳漏看這點，我向妳發誓，妳就錯過了耶穌禱文的所有重點。耶穌禱文有個目標，而且是**唯**一的目標。賦予誦念者基督意識。**不是**創立一個愜意的假虔誠者的幽會點，讓某個情感豐沛、值得喜愛的神聖大人物將妳擁入懷中，卸下妳所有責任，弄走妳所有討人厭的**悲憫之心**和塔珀教授，讓他們永遠消失。我向上帝發誓，如果妳有看清這些的聰明才智……妳明明就**有**，妳卻拒絕去看事實，代表妳是在誤用禱文，妳用它祈求一個充滿洋娃娃、聖人，但沒有塔珀教授的世界。」他突然坐起身，身子往前彈，望向法蘭妮，敏捷得像是體操動作。若用熟悉的詞彙來形容，他的上衣就是溼得像落湯雞一樣。「如果耶穌希望我們運用禱文於——」

卓依打住了，他盯著沙發上法蘭妮那垂頭喪氣的身影，聽到（應該是第一次聽到吧）她發出的苦惱之聲，想憋但幾乎憋不住的嗚咽。他瞬間臉色發白——為法蘭妮的狀況憂心，大概也因為他的失敗突然使整個房間充滿一貫噁心的氣味，失敗的氣味。然而，他的臉色呈現一種異常基本的白——並沒有混入罪惡感之青或悲慘悔悟之黃。假設有個愛動物愛到發狂、所有動物都愛的小男孩，而他有個最親愛的、喜歡兔子的妹妹好了。妹妹打開裝有生日禮物的箱子——發現裡頭裝著一隻剛抓到的小眼鏡蛇，脖子上還以緞帶綁了一個彆扭的紅色蝴蝶結。當小男孩看到她的表情時，變得面無血色；卓依此時的臉龐呈現的，正是那種標準性的槁木死灰。

他盯著法蘭妮看了整整一分鐘，然後起身，動作呈現出些許失去平衡的笨拙，不合他平日風範。他萬分緩慢地走向房間另一頭，走向母親的寫字桌。抵達桌邊後，他顯然完全不知道自己為何要過來。他似乎對桌面上的東西感到陌生——字母「o」被他塗黑的吸墨紙、放著他抽完的雪茄的菸灰缸。他再度轉頭望向法蘭妮。她的啜泣聲已變弱，或似乎變弱了，但她的身體仍維持可憐兮兮、垂頭喪氣的姿勢。她一隻手彎起，壓在身體下方，看起來十分不適，甚至可能很痛。卓依別開視線，接著又回頭去看她，可說是鼓足了勇氣。他用手掌抹了一下眉毛，然後將手放進褲子口袋擦乾，然後說：「抱歉，法蘭妮。我真的很抱歉。」但這正式的道歉只讓法蘭妮重新開始啜泣，還使哭聲變強。他看著她，一動也不動地過了十五或二十秒。然後他離開客廳，穿過走廊，帶上身後的門。

客廳外的新油漆味如今變得相當濃了。走廊還沒漆，但硬木地板上已鋪滿了報紙。卓依的第一步，那猶疑、近乎恍惚的一步，在體育版上留下了橡膠鞋跟的腳印，印在斯坦．穆休手持十四英寸長的河鱒上。走到第五或第六步時，他差點跟走出自己房間的母親相撞。「我還以為你已經走了！」她說，手持兩件洗過、摺好的床單。「我還以為我有聽到前——」她停頓下來，打量了一下卓依整個人。「那是啥？汗嗎？」她問。她沒等卓依回答，便拉著他到陽光下，彷彿他輕得像一根掃帚，而她拿起來掃。陽光是從她剛漆好的房間裡流瀉出來的。「是汗。」她的嗓音充滿詫異、譴責，滿到不能再滿，彷彿卓依的毛孔滲出了原油。「你到底在搞什麼啊？你才剛**洗好澡**而已。你剛剛在**做**啥？」

「我已經遲到了，胖妞。好啦，閃邊去。」卓依說。一個賓州高腳櫃被搬到了走廊上，它和格拉斯太太一同擋去了卓依的去路。「誰把這龐然大物弄出來的？」他看著它說。

「你怎麼流汗流成這樣？」格拉斯太太質問，先是盯著他的襯衫，再望向他。「你跟法蘭妮聊過了嗎？你剛剛在哪？客廳？」

「對對對，客廳。順帶一提，如果我是妳，我會進去看一下狀況。她在哭，至少我離開的時候在哭。」他拍拍母親的肩膀。「現在行行好吧，我認真的。不要擋——」

「她在哭？又哭了？為什麼？怎麼了？」

「**我**不知道啊，看在老天分上——因為我藏了她的《小熊維尼》吧。好啦，貝西，閃邊去，拜託。我很急。」

格拉斯太太讓他過了，視線沒從他身上移開。接著，她幾乎立刻就走向客廳，腳步飛快，因此只能勉強回頭對身後呼喚，「年輕人，去把襯衫換掉！」

卓依即使聽到了，他也沒表現出來。他從走廊另一頭進入他以前和雙胞胎哥哥共用、一九五五年的現在由他獨占的房間。但他在裡頭待的時間不超過兩分鐘。他再次出來時，身上還是穿著那件汗溼的襯衫。然而，他的儀表有個輕微但顯著的變化。他拿了一根雪茄，點燃了它。不知怎地，他還在頭上披了一塊沒摺起的手帕，可能是要擋雨，或冰雹，或硫磺。

他直接穿越走廊，進入大哥和二哥以前共用的房間。

這是卓依七年來第一次「跨進」（就用這個現成的戲劇性慣用語吧）西摩和巴迪的舊房間，若不算幾年前一個完全可以忽略的小插曲：他為了尋找一個被亂放或被「偷走」的網球拍木夾，系統性地將整棟公寓翻了一遍。

他盡可能關緊房門，表情顯示他並不喜歡門鎖鑰匙不在手上的狀況。他進門後，幾乎沒看房間本身一眼，反而刻意面向一塊木頭層板。它原本是雪白的，毫不妥協地釘在房門背面。一個巨大的標本，幾乎與門板等長、等寬。旁人見狀，很可能會相信，它的潔白、平順、寬闊在過去曾哀怨地召喚印度墨和印刷字體。如果真是如此，那它肯定沒白費力氣。板子的每一寸表面都有文字的裝飾，形成整整四欄摘自世界各地各種文學作品的名言佳句，豪氣十足。字母細小但烏黑，字跡熱情但易讀（只是某些地方花稍了點），上頭也沒有墨水漬或塗改的痕跡。即使寫到板子底部、靠近門框的部分，工夫還是一絲不苟，兩位寫手顯然輪番上陣，還趴到地上。他們完全沒試圖將引用句或作者分類、分組，因此由上往下讀，一組一組讀，感覺就像穿過洪災地區的急救站。在那裡，比方說，巴斯卡毫不猥褻地與艾蜜莉．狄瑾蓀同床，也可說波特萊爾和托馬斯．肯皮斯的牙刷掛在一塊。

卓依站在夠近的位置，讀左方那欄頂端的字，然後往下讀。看他的表情，或者說看他的面無表情，你會以為他是在火車月台上殺時間，讀告示欄上的舒爾醫師鞋墊廣告。

你有勞動的權利，但只能為了勞動而勞動。你無權享受勞動的成果，永遠不能將享受成果當作勞動的動機。也永遠不要向懶惰屈服。

你行使每個動作時，都要把心思固定放在至尊主上。放棄你對成果的眷戀。心平氣和（某個寫字的人在下面畫了條線）面對成敗，因為瑜伽的意義就在於這份平靜。

焦慮於結果的勞動，遠不如無此焦慮、處於捨己之平靜中的勞動。向梵的知識尋求庇護吧。自私勞動、追求成果者是悲慘的。

——《薄伽梵譚》

事物好此道。

——馬可・奧理略

蝸牛
緩緩爬
上富士山！

——小林一茶

說到神，有人否定神格的存在，也有人說它存在，但不鼓舞自身，也不思索自身或對任何事物抱持先見。第三種看法認可它的存在和深慮，但它只思索偉大的、天上的事物，對地上概不關心。第四種看法接受地上也接受天上的事物，但那只是概略性的認可，無關乎每個個體。第五種人，尤里西斯和蘇格拉底就屬於這種人，他們會疾呼：「我的一舉一動汝必知曉！」

——愛比克泰德

愛慕對象和高潮出現在這樣的場面：一個男人和一位女士素不相識，在折返東方的火車上聊了起來。

「呃，」克魯特太太說話了，她叫這名字。「你對大峽谷有什麼看法？」

「就是個坑洞。」隨行者說。

「真是個好笑的形容！」克魯特太太說：「現在彈些東西給我聽吧。」

——林格．拉德納（《如何書寫短篇小說》）

上帝並非透過理念，而是透過疼痛與矛盾來指引心靈。

——迪．科薩德

「爸爸！」吉蒂尖叫，用雙手摀住他的嘴。

「呃，我不會……」他說：「我非常、非常開心……喔，我真是個蠢蛋……」

他擁抱吉蒂，親吻她的臉、她的手，再吻她的臉一次，然後在她上方畫了個十字。

列文看著吉蒂緩慢、溫柔地親吻著他肌肉發達的手，一股對他而言無比嶄新的愛意洶湧而至，在此之前，他對這種愛所知甚少。

——《安娜・卡列尼娜》

「先生，我們應該要教導人民，膜拜寺廟中的偶像與畫像是不對的。」

拉瑪克里斯納：「那是你們加爾各答人的作法：你們想要教導、講道。你們自己就是乞丐，卻想給出萬貫財富……你們難道認為神不知道人們透過偶像和畫像膜拜祂？就算信徒犯了錯，你難道不認為上帝會知道他的意圖？」

——《拉瑪克里斯納福音書》

「你不想跟我們一起嗎？」最近有個認識的人在午夜過後的咖啡店內巧遇落單的我，這麼問我。咖啡店裡幾乎沒有客人。「不，我不想。」我說。

——卡夫卡

與人共處的快樂。

——卡夫卡

聖方濟各．沙雷的禱告文：「是的，天父！是，且永遠是！」

瑞巖彥和尚每日自喚：「主人公。」

復自應諾。

乃云：「惺惺著。」「喏。」

「他時異日，莫受人瞞。」

「喏喏。」

——無門關

木頭層板上的字母雖小，最後一段文字清楚地抄寫在第五個欄位的上方。卓依大可繼續讀同一個欄位五分鐘左右，膝蓋都不用彎一下，但他沒那麼做。他轉過身去，動作並不突兀，然後走向他大哥西摩的書桌，坐下來——他拉開小小的直背椅，彷彿這是他每天的例行公事。他將雪茄放到桌子右緣，點燃的那頭朝外，手肘撐在桌面上，身體前傾，雙手掩面。

他身後和左方有兩扇拉上窗簾的窗子，百葉窗放到一半，窗外有個庭院——一條毫無詩情畫意的、磚塊與水泥砌成的小巷，一天當中任何時段都有女清潔工和蔬果店送貨小弟穿行其間，身影陰鬱。這房間本身可稱為公寓的第三主臥室，就傳統曼哈頓公寓的標準而言，可說是日照和大小都不怎麼充足。格拉斯家最年長的兩個兒子，西摩和巴迪，在一九二九年搬進這房間，兩人當時分別是十二歲和十歲，搬離時則分別是二十三和二十一歲。大多數家具都是一「組」的，楓木製：兩張坐臥兩用長椅，一個床頭櫃，兩張男孩子氣的小桌子，膝蓋收進去會很擠，兩個梳鏡櫃，兩張造型接近安樂椅的椅子。地上鋪著三條美國產東方風小地毯，磨損嚴重。其餘的東西都是書，這麼說不怎麼誇張。要人讀的書，永遠被拋到腦後的書，不知道該怎麼辦的書。但都是書、書、書。高大的書架沿三面牆擺放，書裝到滿了出來。滿溢的部分在地上堆成一疊一疊的。幾乎沒有走路的空間，不可能在裡頭踱步。如果有哪個擅長在雞尾酒會上創作描述性散文的陌生人，他瞥了一眼房間後，可能會如此評論：這彷彿曾租給兩個胼手胝足的十二歲律師或研究者。事實上，除非細心調查尚存的讀物，否則你幾乎找不到，或者其實可能真的沒有證據可顯示，兩位前房客在這少年味顯著的維度內成長到可投票的年紀。是的，這裡有一支電話（就是充滿爭議的那支私人號碼），在巴迪的書桌上。兩張書桌上都有許多香菸的焦痕。不過其他更醒目的、暗示房客為成人的證據（飾鈕或袖釦的盒子、牆上的畫、梳鏡櫃上各種透露主人性格的雜物），在一九四〇年就被移出房間了。這兩名年輕人在那一年「開枝散葉」，搬到自己的公寓去了。

卓依雙手掩面，手帕做的頭飾低垂到眉毛上。他坐在西摩以前用的書桌前，整整二十分鐘一動也不動，但也沒睡著。接著，他幾乎一口氣就移走了臉下方的支撐，拿起雪茄，暫時叼在口中，打開桌子左邊最下方的抽屜，用雙手拿出一疊七、八英寸厚的紙，看起來像（以前也確實是）墊襯衫用的硬紙。他將那疊硬紙放在眼前桌面上，開始翻它，一次抓起兩、三張。他的雙手只停留一次，真正算數的一次，之後都一下子就跳過了。

讓他手停下來的那張，上頭的字句寫於一九三八年二月。他大哥西摩的藍色鉛筆字跡：

我的二十一歲生日。禮物，禮物，禮物。卓依和那個寶貝，一如往常地去下百老匯逛街，買了一批發癢粉，還有臭彈，一盒三顆。只要逮到良機，我就要在哥倫比亞大學的電梯或「某個擁擠的地方」施放那些臭彈。

今晚他們有好幾個雜耍劇來娛樂我。布布從大廳的甕子裡弄沙過來，列斯和貝西便跳了一段可愛的軟底鞋踢踏舞。他們跳完後，巴和布布模仿他們，學得很好笑。列斯差點哭了。寶貝唱了〈阿布杜爾．阿布布爾．阿米爾〉，卓使出列斯教他的威爾．馬何尼退場法，結果撞到上書架，氣炸了。雙胞胎則學巴和我以前那樣，模仿巴克和泡泡。但學得很完美，棒呆了。鬧到一半，門房打了內線電話過來，問是不是有人在上頭跳舞。有個住四樓的賽里格曼先生——

卓依看到這裡就不看了，拿起整疊硬紙，當撲克牌似地朝桌面敲了兩下，發出扎實的聲響，然後扔回下層抽屜，關上。

他再度以手肘為支點前傾身體，臉埋在雙掌之中。這次他一動也不動地坐了將近半小時。

當他再度動起來時，動作就像是有人在他身上綁了傀儡絲線，然後過度熱切地扯了一下。對方彷彿只給他拿起雪茄的時間，然後又拉扯了一下隱形的絲線，將他甩到房間內第二張書桌前的椅面上——那是巴迪的書桌，電話就擺在那裡。

換到新座位上之後，他做的第一件事是將襯衫下襬拉出褲子。他將襯衫釦子全部解開，彷彿他跨出的那三步使他進入了一個古怪的熱帶區域。接著，他取下口中雪茄，改用左手拿，固定將它留在那裡。他用右手取下頭上的手帕，放到電話旁，採取一個十分隱晦的「預備姿勢」，接著便拿起電話，動作沒透露半分旁人可察知的猶豫，撥了一個當地號碼。真的是非常在地的號碼。撥完號後，他拿起桌上手帕，放到話筒上，沒壓得很緊，高高蓬起。他深呼吸，等待。他在這種時候有可能點燃雪茄（它已經熄了），但他沒那麼做。

大約一分半前，法蘭妮用明顯顫抖的嗓音，拒絕母親端一杯「美味的熱雞湯」來給她喝，這是她母親在十五分鐘內第四度如此提議。格拉斯太太最後這次是站著向她說話的——事實上，她已在離開客廳的半路上，面朝廚房，表情帶著堅定的樂觀。但法蘭妮再度顫抖的嗓音逼得她快步回到座位上。

當然了，格拉斯太太的椅子就放在客廳內靠法蘭妮那側。最利於看守的位置。大約十五分鐘前，法蘭妮的身心狀態恢復到她可以坐起身，環顧周圍尋找她的梳子，而她母親從寫字桌那裡搬走直背椅，擺到咖啡桌正對面。那是觀察法蘭妮的絕佳位置，觀察者也能輕鬆搆著大理石桌面上的菸灰缸。

重新坐定後，格拉斯太太嘆了口氣，一如她在任何情況下想送上雞湯被拒時的反應。但她多年來可說是搭著巡邏船上下孩子們的消化道，那嘆息根本不代表真正意義的挫敗。而且她幾乎立刻就說了一句：「妳不讓身體攝取一點營養，該如何恢復精氣神呢？我實在看不出來。**抱歉**，我真的不知道。妳完全——」

「媽——拜託妳，我求妳二十次了。可以別再跟我提什麼雞湯了嗎？那讓我噁心到——」法蘭妮打住，豎耳傾聽。「那是我們的電話在響嗎？」她說。

格拉斯太太已經從椅子上起身了，嘴唇微微一抿。任何地方的任何電話發出的鈴響，都必定會令她微微抿嘴。「我馬上回來。」她說，然後離開了客廳。她身上發出的叮叮咚咚比平常還響亮，彷彿有一盒種類多元的家用鐵釘在她和服口袋裡鬆開了。

她離開大約五分鐘。當她回來時，臉上掛著一個獨特的表情，她的長女布布曾形容這表情只具有兩種可能的意思：她剛跟某個兒子講了電話，或者她收到權威消息指出，全人類的腸子接下來整整一個星期都預定以符合衛生學的完美頻率蠕動。「是巴迪打電話來了。」她進門的同時宣告。基於多年來的習慣，她壓抑了所有象徵喜悅的跡象，不讓它們溜進嗓音之中。

法蘭妮對這消息的外顯反應實在稱不上熱切。事實上，她看起來很緊張。「他從哪打來的？」她說。

「我甚至沒問他，他聽起來像是重感冒了。」格拉斯太太沒坐下，在房間裡徘徊著。「快一點，小姐，他要跟**妳**講電話。」

「他說要找我嗎？」

「他**當然**說了！快一點，現在就去……穿上拖鞋。」

法蘭妮離開粉紅色被單和淺藍色阿富汗毛毯。她坐在沙發邊緣，看著母親。臉色蒼白，顯然動彈不得。她的腳四處尋找著拖鞋。「妳跟他說了什麼？」她緊張地問。

「行行好，去接電話就是了，拜託妳，小姐。」格拉斯太太含糊其辭地說。「稍微快一點啊，看在老天分上。」

「我猜妳跟他說我在生死關頭之類的。」法蘭妮說，而這句話沒得到回應。她從沙發上起身，並沒有像手術後恢復中的病人那般虛弱，只展現出一點膽怯和謹慎的跡象，彷彿她預期、甚至希望自己會有一丁點暈眩。她讓腳將拖鞋套得更緊一點，然後肅穆地從咖啡桌後方走出來，解開浴袍腰帶，重新綁好。在一年前左右，她寫了封信給哥哥巴迪，裡頭有段毫無根據的自貶文字，形容自己的體態「無可指責地美國」。格拉斯太太恰好是年輕女孩體態與年輕女孩走路儀態的大評論家，她看著法蘭妮，再度以抿嘴取代微笑。然而，法蘭妮一離開她的視野，她便將注意力轉移到沙發上了。從她的表情來看，世界上顯然沒有多少東西比設計給人睡覺的沙發（上等的羽絨沙發）更令她討厭了。她走進咖啡桌與沙發夾出的走道中，開始對她放眼所及的所有抱枕使出有益健康的拍打。

途中，法蘭妮忽略了走廊上的電話，顯然比較想多走一段路，到爸媽的臥室，公寓內較多人愛用的電話就放在那裡。她穿過走廊的儀態並沒有特別古怪之處——沒拖時間也沒加快腳步，但她整個人卻在移動過程中產生了奇妙的變化。彷彿她每走一步就變得更年輕一些，畫面鮮明。也許對她而言，長長的走廊，加上眼淚的後續效應，加上電話鈴聲，加上新油漆的氣味，加上腳下鋪的報紙，其總和就像是一部新的嬰兒車。不管怎麼說，當她抵達爸媽臥室門前時，她量身訂製的那件堂皇的領帶綢浴袍（也許，可說是市郊區時尚和致命吸引力的象徵吧），看起來彷彿變成了小嬰孩穿的羊毛浴袍。

格拉斯夫婦的房間充斥著新油漆的氣味，濃烈到刺鼻的程度。家具全被集中到房間中央，上頭蓋著帆布——老舊、沾了點點油漆、看起來很有機的帆布。床鋪也被拖離牆邊，但上頭已披著格拉斯太太本人提供的棉床單。電話現在放在格拉斯太太那張床的枕頭上。格拉斯太太顯然也喜歡這支電話，勝過走廊上較無隱私可言的分機。話筒已放在話機旁，等待法蘭妮拾起。它看起來幾乎就像個人類那般獨立，那般要求外界認可它的存在。為了走到它旁邊，為了贖回它，法蘭妮得踩小碎步穿過一大堆報紙，繞過一個空油漆桶。她總算抵達它旁邊後，並沒有拿起它，只坐到床上，坐到它一旁，看著它，然後別開視線，將頭髮往後撥。通常立在床鋪旁的床邊桌，被推得更靠近床，近到法蘭妮不怎麼需要站起來就能觸及。一塊看起來特別髒的帆布蓋著桌面，她將手伸到下方前後挪動，最後找到了她在找的東西——一個陶瓷菸盒，一個銅製的火柴容器。她點菸，然後又盯著電話許久，露出過度憂慮的表情。在此應提及一件事：除了已往生的哥哥西摩之外，她其他哥哥講電話時，就算不到聲如洪鐘的程度，嗓門也都太大了。此刻，法蘭妮可能深感猶豫，不知該不該冒險去接電話，去接受她任何一個哥哥的語調，更別說話語內容了。然而，她最後緊張地呼了一口煙，相當勇敢地拿起話筒。「你好啊，巴迪?」她說。

「妳好啊，甜心。過得好嗎——都還好嗎？」

「我很好，你呢？你聽起來好像感冒了。」對方沒有立即回應，她於是說：「我猜貝西已經跟你講過大致狀況了。」

「嗯——還過得去嘍，講了像沒講。妳懂我意思。妳還好嗎，甜心？」

「我很好。不過你的聲音聽起來怪怪的。要不是你重感冒，就是電話線路很爛。話說，你在哪啊？」

「我在哪裡？我在我混得好好的地方呀，小兔子。我在馬路另一頭的小鬼屋裡。別管我，跟我聊聊就是了。」

法蘭妮不怎麼平穩地蹺起腳。「我不知道你到底想談什麼。」她說：「我是說，貝西到底告訴你什麼？」

電話另一頭是很符合巴迪風格的猶疑。這種停頓（如今只多了一點光陰的成熟韻味），在過去往往會使年幼的法蘭妮以及電話另一頭聆賞者的耐心受到考驗。

「呃，我實在不太確定她到底對我說了什麼呀，甜心。過了某個時間點後，持續聽貝西講電話就會變成有點粗魯的行為了。我聽她提到起司漢堡減肥，她絕對提了這檔事。當然了，還有那本關於朝聖者的書。之後我想我就只是坐在那裡，把話筒放在耳朵上，沒真的在聽她說話。妳懂我的意思。」

「喔。」法蘭妮說，並將菸挪到持話筒的那隻手上，空出的手再度探向蓋住床邊桌的帆布下方，挖出了一個小小的陶瓷菸灰缸，放到床上，她的旁邊。「你聽起來怪怪的。」她說：「你感冒了，還是怎樣？」

「我好得很呀，甜心。我坐在這裡跟妳聊天，感覺好得很。聽到妳的聲音真開心，無法形容的開心。」

法蘭妮再度用一隻手將頭髮往後撥，她什麼也沒說。

「小兔子？妳覺得貝西可能漏講了什麼嗎？妳會想跟我聊聊嗎？」

法蘭妮用手指微調了一下床上菸灰缸的位置。「我有點說太多話了，累了。老實跟你說，」她說：「卓依糾纏了我一整個早上。」

「卓依？他還好嗎？」

「他還好嗎？他很好，好翻天了。我真想殺了他，就這樣。」

「殺了他？為什麼？為什麼呢，甜心？妳為什麼會想殺我們的卓依呢？」

「為什麼？因為我就是想，就這麼簡單！他這個人太毀滅了，我這輩子沒見過那麼毀滅的人！他實在太難婆了！上一分鐘他對我剛好感興趣的耶穌禱文發動全面攻擊，讓我以為我是個神經質的笨蛋，所以才會被吸引。大約兩分鐘後，他又開始對我滔滔不絕地說耶穌如何是他在這世界上唯一真正尊敬的對象——說他的心靈有多麼超凡之類的。他實在有夠難以捉摸。我是說，他總是繞啊繞的，繞那些可怕的圈圈。」

「再多說說，再多談談那些可怕的圈圈。」

法蘭妮在此犯了一個失誤，她呼出了不耐的鼻息——但她才剛吸了一口菸。

她咳了起來。「還要我多說！那會花上我一整天，就這麼慘。」她伸出一隻手按住喉嚨，等待嗆到的不適感褪去。「他就是個怪物。」她說：「他就是！不是真的怪物，但——我不知道，他看待事情的方式好刻薄。他對宗教刻薄，對電視圈刻薄，對你和西摩刻薄——他甚至一直說，你們把我們變成了怪胎。我不知道。他一直跳來跳去——」

「為什麼是怪胎？我知道他那樣想，或者說，他認為他是那樣想的。但他有沒有說原因呢？他對怪胎的定義是什麼？他怎麼說呀，甜心？」

就在這時，法蘭妮單手拍了一下額頭，顯然對那問題的天真爛漫感到絕望。這動作她八成已有五、六年沒做了——比方說，當她搭乘萊辛頓大道公車回家的路上發現自己將絲巾忘在電影院時，她就會那麼做。「他的**定義**是什麼？」她說：「他給每樣事物的定義大概都有四十種！如果我聽起來有點精神衰弱，這就是原因所在。某一刻……例如昨晚，他說我們只接受一套標準教育長大，所以才成了怪胎，而十分鐘後，他又說他從來不想跟人碰面喝酒，因此他是個怪胎。唯一一次——」

「從來不想怎樣？」

「從來不想跟人碰面喝酒。喔，他昨晚得出門見一個電視劇編劇，在城裡喝酒，東村之類的。這就是導火線。他說他想碰面喝酒的人不是死了就是見不到面，說他甚至從來不想跟任何人吃午餐，到這種程度呢，他認為除非對方很可能剛好是耶穌——或佛陀，或惠能，或商羯羅之類的人。你懂我意思。」法蘭妮突然將菸捻熄在小菸灰缸內——動作有點彆扭，因為沒有另一隻手來扶著菸灰缸。「你知道他還對我說什麼嗎？」她說：「你知道他信誓旦旦地對我說什麼嗎？他昨晚告訴我，他八歲的時候，有次曾和耶穌在廚房一起喝薑汁汽水。你有沒有在聽啊？」

「我在聽，我在聽……甜心。」

「他說他……這全是他說的，一字不差——他說他一個人坐在廚房的桌子喝薑汁汽水，吃**蘇打餅**，讀《董貝父子》，突然間耶穌就坐到另一張椅子上，問他他能不能喝一小杯薑汁汽水。一**小**杯，聽好了——卓依真的是這樣說的。我的意思是，他講那種話，還以為自己完全夠格給**我**一大堆建議！**那**就是讓我火大的地方！我大可吐他口水！我可以！我的感覺就像待在**精神病院**裡，讓另一個打扮成**醫生**的患者跑到我這裡，開始量我脈搏之類的……感覺爛透了。他說呀、說呀、說個沒完。他不**說話**的時候，就抽他那些臭死人的雪茄，讓整個屋子都充滿那味道。我真的受夠雪茄菸味了，要我直接翻下樓摔**死**也沒差。」

「雪茄是壓艙物，甜心。純然的壓艙物。如果他手裡沒握著雪茄，腳就會離地。我們就再也見不到卓依了。」

格拉斯家族中有好幾個成員擁有三寸不爛之舌，但最後這一小段發言，大概只有卓依的組織性能安然將它導入電話之中。或至少本敘事者如此表示。法蘭妮可能也感覺到了。總而言之，她突然發現電話另一頭的人是卓依了。她慢慢起身，屁股離開床緣。「好了，卓依。」她說：「好了。」

對方並不怎麼算是立刻回答：「妳說什麼？」

「我說，好了，卓依。」

「**卓依**？什麼意思？……法蘭妮？妳聽得到嗎？」

「我在聽。別再裝了，拜託。我知道是你。」

「妳到底在說什麼呀，甜心？這是怎樣？誰是卓依？」

「卓依·**格拉斯**。」法蘭妮說：「別再裝了，拜託你，這樣不好笑。我正巧才勉強恢復到——」

「妳是說葛拉斯嗎？卓依·**葛拉斯**？挪威小伙子嗎？某個體格強壯、金髮、運動——」

「**好了**，卓依。別說了，拜託。我說夠了就是夠了，你這樣不好笑……有件事你搞不好會感興趣，我就告訴你吧：我不舒服到了極點。你如果有什麼特別要對我說的話，請趕快說一說，然後讓我靜一靜。」她最後強調的幾個字莫名帶著一種閃避的感覺，彷彿她不完全是刻意要加重語氣。

電話另一頭傳來古怪的沉默，法蘭妮對它的反應也很古怪：她感到不安。她再度坐到父親那張床的床緣。「我沒要掛你電話之類的。」她說：「但我……該怎麼說呢……我累了，卓依。老實說，我累壞了。」她豎耳傾聽，但沒得到回應。她蹺起腳。「你可以這樣鬧一整天，但我沒辦法。」她說：「我只是負責扮演接收端，而那並不是非常愉快的事，懂我意思吧。你以為每個人都是鐵打的之類的。」她豎耳傾聽。她準備再次開口，但打住了，因為她聽到清喉嚨的聲音。

「我不認為每個人都是鐵打的，小妹。」

這簡單得悲慘的句子，似乎比持續的沉默更令法蘭妮不安。她迅速伸手，從陶瓷菸盒中掏出一根菸，但沒準備點燃它。「嗯，你認為你自己是。」她說。豎耳傾聽，等待回應。「呃，你打電話給我有什麼特別的原因嗎？」她突然說：「我說，你是有什麼特別的**原因**，才打電話給我嗎？」

「沒什麼特別的原因，小妹，沒有特別的原因。」

法蘭妮等待著，電話另一頭的人又開始說話了。

「我猜我打電話來，多少是想告訴妳，如果妳想繼續誦念耶穌禱文就繼續吧。我的意思是，那是妳的事。妳的事。那禱文棒得要命，別理別人的反對意見。」

「我知道。」法蘭妮說。萬分緊張地，她的手伸向火柴盒。

「我不覺得我曾認真試圖**阻止**妳念禱文，至少我覺得我沒有。我不知道我的腦袋是**怎麼**了。不過有件事我**很**確定，我根本該死地不夠格用**先知**的方式說話。這家族裡已經有太多該死的先知了。這點令我很困擾，令我有點害怕。」

法蘭妮趁著他隨後的小小停頓稍微打直腰桿，彷彿基於某種原因，良好的姿勢或者改善後的姿勢，隨時都有助於她面對當下的狀況。

「這讓我有點害怕，但並沒有嚇傻我。讓我把話說清楚。這沒有嚇傻我。因為妳忘了一件事，小妹。當妳感覺到衝動，感覺到召喚，而想去誦念禱文時，妳並沒有開始搜索世界的四隅，尋找大師。妳跑回家。妳不只跑回家，還該死地在那裡崩潰。因此，從某個角度而言，妳照理說只有權利接受這裡所能提供的低階靈性諮商，沒別的了。至少妳知道這瘋人院裡不會有誰抱持不可告人的動機行事。不管我們到底是什麼樣的人，我們都不會是靠不住的人。」

法蘭妮突然開始想用單手點菸。她成功打開火柴盒，但笨拙的一擦使整個盒子都掉到了地上。她迅速彎腰撿起盒子，不管撒了一地的火柴。

「我要告訴妳一件事，法蘭妮。我**明白**的事。妳別不爽，我要說的不是什麼壞事。不過呢，如果妳想要的是宗教生活，妳現在就該知道，妳漏看了這家中所有該死的宗教性行動。當別人端一杯神聖的雞湯要給妳**喝**時，妳也不懂得要接受——貝西在這瘋人院裡，就只端過神聖的雞湯給大家喝。那妳**告訴**我啊，小妹。就算妳出門到世界各地尋找大師——某個智者、某個聖人，來教妳正確地誦念耶穌禱文，妳又會得到什麼好處？如果一杯神聖的雞湯擺在妳眼前，妳都認不出來，妳遇到一個正統的聖人又如何辨識呢？見鬼了。妳可以告訴我嗎？」

法蘭妮如今坐姿異常筆挺。

「我只是在問妳，我沒要惹毛妳。我惹毛妳了嗎？」

法蘭妮回答了，但她的應答顯然傳不到卓依耳中。

「什麼？我聽不到。」

「我說沒有。你從哪裡打來的？你現在在哪？」

「喔，見鬼了，我人在哪裡到底有什麼差別？我在南達科他的皮爾啦，老天。聽我說，法蘭妮——很抱歉，請妳別不爽，聽我說。我只要再說一、兩件小事，然後就沒了。我向妳保證。不過順帶一提，妳知道去年夏天巴迪和我開車上去看妳的公演嗎？妳知道我們看到妳演《西方世界的花花公子》了嗎？那天晚上真是熱死人了，我告訴妳。但妳知道我們在嗎？」

對方似乎在索求一個答案。法蘭妮起身，然後又立刻坐下。她將菸灰缸推遠一點，彷彿它嚴重擋住了她的去路。「不，我不知道。」她說：「沒人說過半句……不，我不知道。」

「嗯，我們在。我們在。而且我要告訴妳，小妹，妳演得很好。當我說好，意思就是好。妳撐起了那該死的一團爛泥。就連觀眾當中那些被太陽曬得像龍蝦的傢伙也看得出來。而我現在卻聽說妳永遠不演戲了——我會聽到風聲，我會聽到。我也記得公演季結束後，妳帶回來的那些高談闊論。喔，妳讓我好不爽，法蘭妮！很抱歉，但妳確實令我火大。妳有了一個偉大、驚人的該死發現，那就是演員這行業充滿唯利是圖者和屠夫。在我印象中，妳看起來就像一個『發現帶位員不是天才而大受打擊的人』。妳是怎麼了，小妹？妳的腦袋跑哪去了？如果妳接受了怪胎教育，起碼運用一下它吧，運用一下。妳大可誦念耶穌禱文直到世界末日，但如果妳不知道宗教生活中只有超然是要務，我實在不知道妳要怎麼前進，連一英寸都前進不了。超然，小妹，只有超然是重要的。無欲。『停止一切渴望。』如果妳想聽該死的真話，這就是了：首要成就一名演員的，是欲求。妳為什麼要聽我說妳早就已經知道的事？在某個階段——如果妳喜歡的話，妳可以說是在該死的某一次轉世，妳不只企求成為一個演員，妳還希望自己是一流的。而妳現在無法脫身了。這是妳自己的企求招致的結果，妳不可能拍拍屁股就走。有因就有果，小妹，有因就有果。妳現在唯一能做的，唯一能採取的宗教性應對，就是去演戲。為上帝演戲，如果妳想的話——當神的演員，如果妳想的話。還有什麼比這更盡善盡美的？如果妳想的話，可以至少去試試——嘗試不會是一種錯誤。」他短暫停頓了一下。「不過妳最好趕快動起來嘍，小妹。妳每次轉身時，沙漏裡那些該死的沙就會離妳而去。我知道我在說什麼。一個人如果在這該死的現象世界還有時間可以打噴嚏，那他就是幸運的。」他又稍微停頓了一下。「我以前很為此擔心，現在不怎麼擔心了。至少我還是很愛約利克[18]的頭骨。至少我總是有足夠的時間可以延續我對約利克頭骨的愛。我死後只想要一個該死的光榮頭骨啊，小妹。我**企求**一個該死的光榮頭骨，就像約利克的那個。**妳**也一樣，法蘭妮．格拉斯。妳也是，妳也是……啊，神啊，談這些有什麼用？妳和我擁有完全相同的該死怪胎教養，如果此刻妳還不知道自己死後想要什麼樣的**頭骨**，不知道該怎麼做才能**掙得**它……我是說，如果妳現在甚至**連**演員就該去**演戲**的道理都不懂，那還有什麼好談的？」

坐在那裡的法蘭妮，如今用空出來的手按著臉頰，彷彿飽受牙痛折騰的人。

「還有一件事，就這樣而已。我向妳保證。問題是，妳回家後就抱怨、發牢騷，說觀眾有多蠢，說第五排傳來該死的『門外漢』笑聲。對，對——上帝知道那有多令人沮喪，我沒說那沒什麼。但說真的，那些都不關妳的事，法蘭妮。藝術家唯一該關心的，是追求某種完美，而且是**根據自己的**主張去追求，不是別人的意

---

18 《哈姆雷特》中的弄臣。

思。妳沒有權利想那些事情，我向妳發誓。總之沒有真正意義上的權利。妳懂我意思嗎？」

沉默降臨。兩人都撐到它結束，沒表現出不耐的感覺，也不覺得彆扭。法蘭妮仍採取側臉彷彿相當疼痛的姿勢，手按在上面，不過從表情來看，顯然毫無怨懟。

電話另一頭的嗓音又傳來了，「我還記得我大約第五次參加《聰明寶貝》的事。華特打石膏那陣子，我代替他上過幾次節目——還記得他打石膏的時候嗎？總之，我某天晚上在開播前開始發牢騷。我準備和韋克出門時，西摩要我擦擦自己的皮鞋。我非常火大。我對西摩說，現場觀眾全是蠢蛋，播音員是蠢蛋，贊助商是蠢蛋，我才不要為那些人擦我的皮鞋，去他的。我說反正他們又看不到我們坐的地方。他說總之就擦吧，說為胖女士擦鞋吧。我不知道他在說什麼鬼，但他臉上掛著典型的西摩表情，我就照做了。他從來沒告訴我胖女士是誰，但我之後每次要去上節目時，都會為她擦我的皮鞋——妳跟我一起上節目的那幾年，我也都會那麼做，如果妳記得的話。我想我只漏掉幾次沒做。胖女士在我心中浮現了清晰到不行的形象。她一整天都坐在門廊，拍蒼蠅，收音機以巨大音量從早播到晚。我猜外頭熱得可怕，而她八成得了癌症——該怎麼說呢，總之，西摩要我上節目前擦鞋的原因似乎清楚得要命。他的要求**有道理**。」

法蘭妮站著，她的手已從臉上移開，現在兩隻手都握著電話。「他也對我說過。」她對電話說：「他有次叫我為胖女士展現逗趣的一面。」她鬆開其中一隻手，放到自己的髮旋上，只停留了一眨眼的時間，隨即又用雙手握住電話了。「我並沒有想像她坐在門廊，但我想像她有很……呃，我是說，很粗的腿，靜脈很明顯。我想像她坐在一張很爛的柳條椅上。不過她也得了癌症，她也用大音量聽廣播聽一整天！我想像的她也是！」

「對，對，對，沒錯。我現在要告訴妳一件事，小妹……妳有在聽嗎？」

法蘭妮點點頭，看起來非常緊繃。

「我不在意一個演員在哪裡演戲。在夏季公演也好，在廣播上也好，在電視上也好，在該死的百老匯劇院也好，還加上妳所能想像的最時髦、享用最多山珍海味、看起來膚色曬最黑的觀眾。但我要告訴妳一個可怕的祕密——妳有在聽嗎？世界上沒有一個人，不是西摩口中的胖女士。那包括妳的塔珀教授，小妹，還有他數以十計的表親、堂親。世界上每個角落的每個人，都是西摩口中的胖女士，無一例外。妳不知道嗎？妳還不知道這該死的祕密嗎？妳難道不知道……聽好了，妳難道不知道胖女士真正的身分嗎？……哎，小妹，哎，小妹。她就是耶穌基督本人。耶穌基督本人啊，小妹。」

顯然是出自喜悅，法蘭妮才有辦法握著電話，儘管她用上了雙手。

整整半分鐘左右，沒有人再說一個字，沒有交談。然後，「我沒辦法再說了，小妹。」電話掛斷的聲音傳來。

法蘭妮淺淺吸一口氣，但還是繼續將電話放在耳邊。當然了，她聽到撥號音，然後是正式的通話中斷。她彷彿認為這聲音聽起來異常美妙，彷彿它是太初寂靜的最佳替代品，不可能有其他東西勝出了。但她似乎也知道何時該停止聆聽，彷彿世界上大大小小的智慧突然都落入她的掌握。她放下電話後，似乎知道自己接下來該怎麼做了。她將那些冒煙的東西清走，掀開她剛剛坐的那張床上的棉製床罩，脫掉拖鞋，上床。在她陷入深沉無夢的睡眠之前，有好幾分鐘，她就靜靜躺著，朝天花板微笑。

GREAT!49 **法蘭妮與卓依**

作　　者	沙林傑（J. D. Salinger）
譯　　者	黃鴻硯
協力編輯	林婉華　呂佳真
封面設計	馮議徹
責任編輯	徐　凡
國際版權	吳玲緯
行　　銷	蘇莞婷、何維民、吳宇軒
業　　務	李再星、陳紫晴、陳美燕、葉晉源
副總編輯	巫維珍
編輯總監	劉麗真
總 經 理	陳逸瑛
發 行 人	凃玉雲
出　　版	麥田出版 地址：10483台北市中山區民生東路二段141號5樓 電話：(02)2500-7696 傳真：(02)2500-1967
發　　行	英屬蓋曼群島商家庭傳媒股份有限公司城邦分公司 地址：10483台北市中山區民生東路二段141號11樓 網址：www.cite.com.tw 客服專線：(02)2500-7718｜2500-7719 24小時傳真專線：(02)-2500-1990｜2500-1991 服務時間：週一至週五09:30-12:00｜13:30-17:00 劃撥帳號：19863813 戶名：書虫股份有限公司 讀者服務信箱：service@readingclub.com.tw
香港發行所	城邦（香港）出版集團有限公司 地址：香港灣仔駱克道193號東超商業中心1樓 電話：+852-2508-6231 傳真：+852-2578-9337
馬新發行所	城邦（馬新）出版集團【Cite(M) Sdn. Bhd.】 地址：41-3, Jalan Radin Anum, Bandar Baru Sri Petaling, 57000 Kuala Lumpur, Malaysia. 電話：+603-9056-3833 傳真：+603-9057-6622 讀者服務信箱：services@cite.my
麥田部落格	http://ryefield.pixnet.net
印　　刷	漾格科技股份有限公司
初　　刷	2020年12月
售　　價	350元
I S B N	978-986-344-707-8

國家圖書館出版品預行編目(CIP)資料

法蘭妮與卓依／沙林傑（J. D. Salinger）著；黃鴻硯譯. -- 初版. -- 臺北市：麥田, 城邦文化出版：家庭傳媒城邦分公司發行, 2020.12
面；　公分（Great! ; RC7049）
譯自：Franny and Zooey
ISBN 978-986-344-707-8（平裝）
874.57　　108017617

Printed in Taiwan.